U0037567

趙福泉／著

詳細解析：尊敬語、謙讓語、丁寧語、
敬語的運用、使用敬語常犯的錯誤

適用
中、高級

敬語

笛藤出版
DeeTen Publishing

前　言

本書是給學習日語的學生、教授日語的教師作為參考書使用，也是給其他從事日語相關工作者使用的工具書，供學校日語師生或其他日語工作者學習。日本的敬語不僅對學習日語的外國人來說是一個難點，對日本人來說，也是很不容易掌握的形式，但它是非常重要的交際工具，是不容忽視的。我認為作為一個日本企業的職員，如果不會使用敬語，則不能很好地接待顧客，又怎能做好工作呢？而我們學習日語的人或從事有關日語相關工作的人也是如此，若沒掌握好敬語，那是無法和日本人交際往來的，因此我們有必要學好它、掌握它。以此為出發點，編者編寫了這本有關敬語的書，提供給讀者，希望它能夠對讀者的學習或工作有所幫助。

本書根據敬語的構成以及應用，將它分為五章，一、二、三章是敬語的構成，第四章是敬語的使用情況，第五章舉出錯用敬語的實例進行剖析，讀者可以透過正誤的對比，加深理解，提高運用能力。

本書是根據日本文部省教育部所公布的「これからの敬語（けいご）」（今後的敬語）的意見，略去了一些實用性不大的用法，而對實用性較強的用法，重點式地深入講解。說明力求簡明扼要，通俗易懂；例句盡量貼近實際，除了考慮日語學習者使用以外，也考慮到從事日語相關工作者的需要，根據他們的需要配合一些例句，而中文譯句基本上採用白話譯詞，這樣讀者更能夠理解。

編者在編寫過程中，參考了一些日本學者編寫的相關書籍，在此深深地表示感謝，由於編者水準以及經驗關係，書中可能會有一些不夠妥當的地方，希望讀者指正。

編　者　趙福泉

使用說明

1 目錄與索引

本書前面的目錄，是按章節順序編排；書後面的索引，是將此書收錄的敬語相關單字、慣用型等，按あ、い、う、え、お順序編排，供讀者查詢每個單詞、慣用型所在的章節。

2 使用的術語

本書以中文說明，但為了避免誤解，書中出現的術語是將日本當地出版的語言書籍中，常用的詞類術語如：體言、用言、謙讓語、丁寧語等……，直接作為中文使用於本書的說明中。

3 例句前面的符號

例句中正確的句子前面用「○」符號；錯誤的句子則在句子前面畫有「×」符號；有的句子雖不是錯誤，但作為敬語來用不合適，或不大常用須再考慮的句子前則畫有「？」符號，以示區別。

4 其他

本書在部分章節列入圖表，讀者可與其說明對照比較。

基礎日本語　敬語

第三章　丁寧語……151

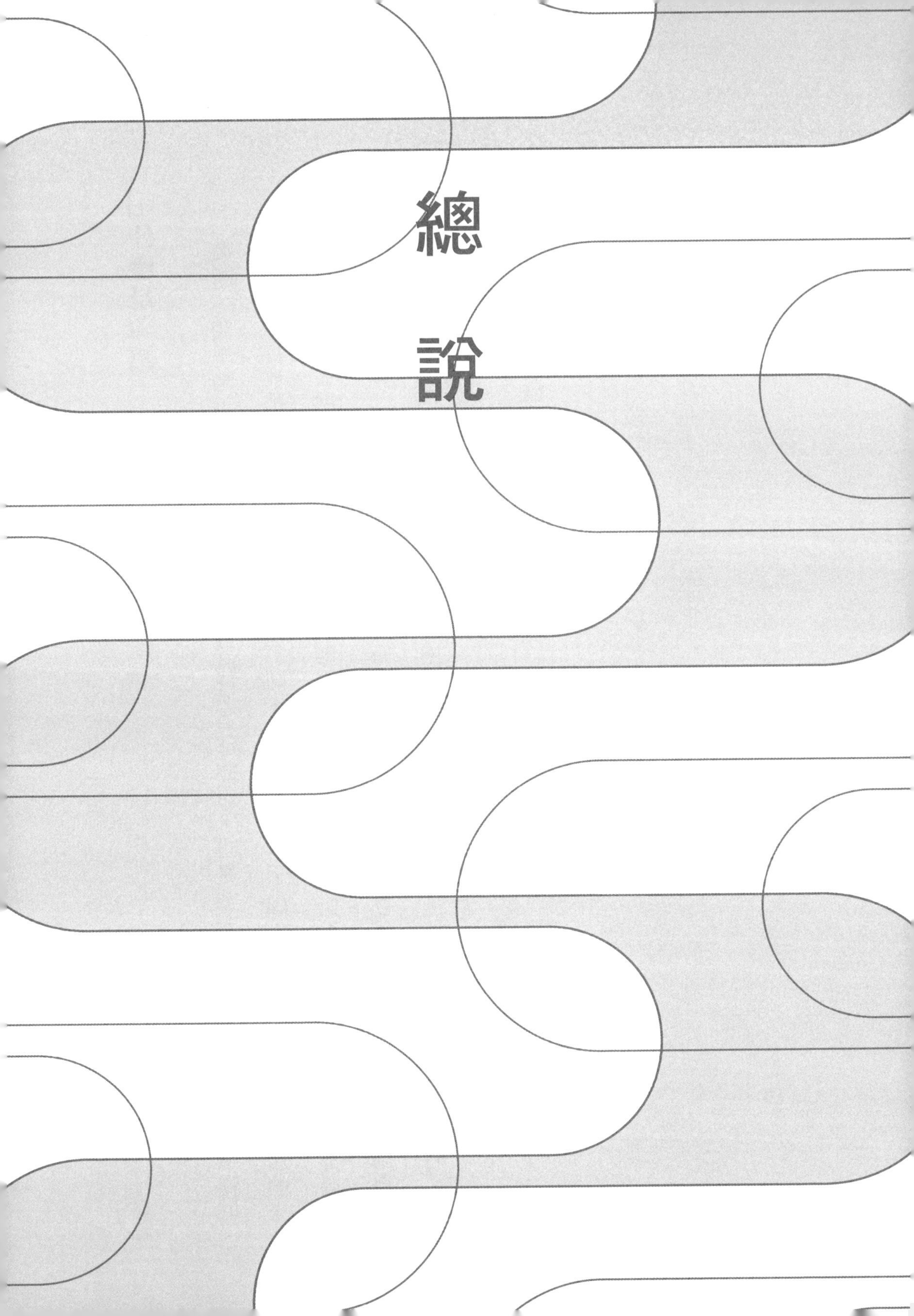

總說

1 什麼是敬語

敬語，簡單地說是尊敬上級、尊長或聽話者的語言，也是表示自己謙遜的語言。這樣的語言在各國語言裡都是存在的，只是多寡不同，使用的頻率也不同。如同中文裡的歡迎您的光臨！請您指教！這兩句裡的光臨、指教都是尊敬對方的講法，講對方的動作、行為的，都屬於敬語。再如我失陪了！我一定登門拜訪！這兩句話裡的失陪、拜訪都是謙遜的語言，是講自己的動作、行為的，也是敬語。當然日語與中文不完全相同，不過上述四個句子譯為日語時卻都要使用敬語。即：

①歡迎您的光臨！／○ようこそいらっしゃいました。
②請您指教！／○お教え願います。
③我失陪了！／○では、失礼いたします。
④我一定登門拜訪！／○必ずお伺いいたします。

這四個句子裡特別用顏色標示的いらっしゃいました、お教え願います、失礼いたします、お伺いいたします都是敬語，這說明日語裡的敬語與中文的敬語有相似之處。

不過，日語的敬語要根據不同的人物來使用不同的敬語。如：

⑤老師說去。／○先生はいらっしゃいますとおっしゃいました。

⑥我的父親也說去。／○父もまいりますと申しました。

同樣說的動作，先生當主語時則用おっしゃる，父當主語時，則用申す；另外同樣一個去這一動作，先生當主語時則用いらっしゃる，父當主語時則用まいる。像這樣日語的敬語要根據不同的人物、不同的情況來使用不同的語言。

因此有的日語語言學者稱日本的敬語為待遇表現，即根據對話中提到的人物（話題中人物）身份的不同，給以待遇，並使用不同的語言。因此說敬語是說話者對話題中的人物（如上述句子的先生、父）或聽話者表示尊敬的方法，也可以說是根據說話者、聽話者、與話題中人物的尊卑關係、上下關係、親疏遠近關係來使用，以表示尊敬的語言。

日語裡的敬語比中文裡的敬語要多得多，有時中文裡沒有敬語，但譯為日文時則要用敬語。如：

⑦校長到東京去了。／○校長先生(こうちょうせんせい)は東京(とうきょう)へいらっしゃいました。

⑧社長這麼說了。／○社長(しゃちょう)さんがそうおっしゃいました。

上述句子裡中文沒有用敬語，但日語裡則使用了敬語，這說明日語使用敬語的情況要比中文多。也是我們學習敬語較困難的地方。

另外日語的敬語，其構成都有一定的規律，並且規律嚴謹，體系也比較完整。如：

⑨社長去了。／○社長(しゃちょう)さんが行(い)かれました。

⑩社長來了。／○社長(しゃちょう)さんが来(こ)られました。

上述句子裡的行(い)かれる、来(こ)られる是分別在動詞行(い)く、来(く)る下面，後續敬語助動詞れる、られる構成的。像這樣敬語的構成是有一定規律的。

總之，日語的敬語是有其特點的。

②日語敬語的發展過程

日本在明治維新以前，長時期是一個封建社會，當時上下尊卑等級森嚴，君臣、父子、師生、主僕的關係非常嚴格。另外，士農工商（即武士（ぶし）、百姓（ひゃくしょう）、町人（ちょうにん））等身份上的區別也極清楚。因此當時不僅臣下對君主、僕人對主人講話要使用複雜的敬語，就連平民百姓（即百姓（ひゃくしょう）、町人（ちょうにん））對一些官吏、武士講話也必須用敬語，而下級官吏、下級武士對上級長官講話，當然也要用敬語。另外，日本當時女性的社會地位低下，因此她們不僅向外人講話要用敬語，就連向自己丈夫講話也必須頻頻使用敬語，如此敬語便逐漸發達起來。明治維新以後，日本社會開始進入了資本主義社會，士農工商的區別逐漸消失，根據士農工商身份的不同所使用的特殊敬語也漸漸不再使用了，導致敬語有了一些變化。另一方面，由於教育的普及、交通的發達，日語逐漸形成了以東京語為中心的標準語，這時敬語也出現了大致統一的表現形式，但仍是比較複雜、繁瑣的用法。直到第二次世界大戰以後，日本戶籍上存在的貴族、士族、平民等的區別，才完全消失；所謂的民主主義思想，也有進一步發展，如此一來敬語的表現形式，也隨之走向簡化。特別是在一九五二年日本文部省根據國語審議會的審議，發表了これからの敬（けい）

語（今後的敬語）做建議，建議中指出一些商人對顧客使用的敬語，和一些女性使用的敬語，過於囉嗦複雜，要求盡量使用一些更加簡化的敬語，並且做出一些規定。在這種情況下，一般日語語言學者，也在這一基礎上進行歸納整理，使敬語開始走向簡單化，並且更加系統化。

根據這種情況，本書按著これからの敬語（今後的敬語）的意見，對敬語做實用的初步分析，盡量刪去了一些落後時代繁瑣、囉嗦的用法，而著力分析闡釋合乎時代要求的簡明輕快的敬語用法，以滿足我們外國人的學習、掌握日語的需要。

3 敬語的分類

關於敬語的分類，過去日語語言學者從各種不同的角度，做出了各種不同的分析。如金田一京助教授根據敬語的發展階段，將敬語分為絕對敬語和相對敬語。

(1) 絕對敬語

即只能對特定的人物，如天皇、皇后等使用的敬語。陛下、御名御璽、御幸、奏する，等則屬於這類敬語。

(2)相對敬語

根據人們的上下、尊卑關係由主觀判斷決定使用的敬語。如先生(せんせい)がそうおっしゃいました中的おっしゃる則是相對敬語，它是對任何需要尊敬的人都可以使用的敬語。現在一般所講的敬語多是這一類敬語。其他如いらっしゃる、くださる、ご覧(らん)になる；まいる、申(もう)す等也都屬於這類敬語。

其次，時枝誠記教授從敬語是屬於詞還是屬於辭這一角度，將敬語分為詞(し)としての敬語(けいご)（詞的敬語）與辭(じ)としての敬語(けいご)（辭的敬語）。

(1)詞的敬語

表示人與人之間上下尊卑關係的敬語。如：

○どうぞ、お上(あ)がりください。
／請進來吧！

○兄（あに）はそれを内田（うちだ）さんに差（さ）し上（あ）げたでしょう。

／哥哥把它送給了內田先生吧。

上述句子裡的上（あ）がる、差（さ）し上（あ）げる都是有具體含義的詞，因此是詞的敬語。

(2) 辭的敬語

為說話者對聽話者表示敬意的直接表現。如：

○雨（あめ）が降（ふ）りました。

／下雨了。

○寒（さむ）うございますね。

／天氣冷呀！

上述句子裡的ました、ございます沒有具體的含義，因此它們是辭的敬語。

第二次世界大戰以後，日本的語言學界對敬語的研究有了進一步的發展，更於一九五二年日本文部省就敬語問題發表了これからの敬語（今後的敬語）這一建議性的文件，之後日本學校文法則出現了新的分類方法。這時絕大部分的語言學者將敬語分為三類。分別為尊敬語、謙讓語、丁寧語。

(1) 尊敬語

也稱為尊他性的敬語，使用於指話題裡提到的上級、長輩等，應該尊敬的人物之行為。即用尊敬語來講話題中令人尊敬的人物本身或其他所屬的事物，或所進行的動作、行為。這時話題中人物可以是聽話者，也可以是第三者。

(2) 謙讓語

也稱為自謙性的敬語。使用於說話者自己或自己這方面的人之行為。也就是用謙讓語來指說話者自己或是自己這方面人物的事物、行為、動作。

(3)丁寧語

也稱為一般性的敬語。丁寧語本來是日語，有人譯為鄭重語、恭敬語、客氣話，譯法多樣，很不統一，為了避免讀者誤解，本書沿用了日語的這一稱呼。它是對聽話者直接表示敬意，並且帶有鄭重語氣的客氣說法。因此它和上述尊敬語、謙讓語不同，還可以用來講客觀事物如何如何。

以上三種敬語都是說話者表示敬意的表現形式，但在性質上並不相同。從它們所表示的敬意的對象和作用來看，尊敬語是說話者對話題中的人物（即在講話中提到的人物）表示敬意，謙讓語是說話者為了對聽話者表示敬意而用來謙稱自己或是自己這方面人的事物或動作的用法。

尊敬語和謙讓語是事物的兩面，但卻都是對話題中的人物（即在會話中提到的人物）表示敬意，這點是相同的。但丁寧語則不同，它主要是對聽話者表示敬意而把話講得鄭重一些、客氣一些。因此有的日語語言學者認為丁寧語不屬於敬語範圍，但大多數學者認為三者都屬於敬語。

上述金田一的分類、時枝的分類以及學校文法對敬語的分類，雖分類的角度不同，實際上是相互聯繫著的。它們的關係大致如下：

金田一分類	時枝分類	學校文法分類
絕對敬語	—	—
相對敬語	詞的敬語	尊敬語　謙讓語
—	辭的敬語	丁寧語

本書將根據日本學校文法的分類，在下面就尊敬語、謙讓語、丁寧語做進一步探討、說明。

第一章 尊敬語

如前所述，尊敬語是在講到話題中人物的動作、行為或所屬事物時，對話題中人物（包括聽話者）表示尊敬的敬語，所謂話題中人物可以是第三者，也可以是聽話者。

如火車乘務員向乘客講：

○ご面倒（めんどう）さまでした、お疲（つか）れさまでした。／麻煩大家了，大家辛苦了。

這句話裡面的ご面倒（めんどう）、お疲（つか）れ是指聽話者。

再如父親問女兒：

○お客（きゃく）さまはもうお帰（かえ）りになりましたか。／客人都回去了嗎？

這句話裡的お客（きゃく）さま為第三者，因此お帰（かえ）りになる是第三者的動作、行為。

從詞性方面來看，它們有以下幾種類型。

①用接頭語、接尾語構成的名詞、代名詞等，表示對話題中人物本身的尊敬或是提高對他們所有物恭敬的態度。

②用形容詞、形容動詞、副詞等提高話題中人物的性質、狀態。

③用動詞、動詞慣用型來指話題中人物的動作、行為，表示對話題中人物的尊敬。

下面分別加以說明。

第一節 尊敬語名詞

名詞作為尊敬語來用時，有以下兩種構詞方法。

1 構成尊敬語名詞的接頭語、接尾語

在名詞前後分別使用接頭語及接尾語，表示對話題中人物的尊敬或提高話題中人物所屬的事物。

(1) 接頭語有以下幾種：

① 御（お）

お家（いえ）／您的家　　お名前（なまえ）／您的名字

お二人（ふたり）／您兩位　　お写真（しゃしん）／您的照片

② 御（ご）

ご用（よう）／（您的）事情　　ご返事（へんじ）／您的回覆

③大御　おみ足／您的腳　　おみ輿／神轎

以上是口語裡常用來構成尊敬語的接頭語，除此以外，還有一些只做書面語言來用的接頭語。這種接頭語，只在文章、書信、函電裡使用。

④貴　貴家／您府上　　貴地／貴地

⑤令（御令）　令嬢／令媛　　令夫人／您的夫人

⑥芳（ご芳）　ご芳名／您的大名　　ご芳書／您的來函

⑦高（ご高）　ご高名／您的大名　　ご高説／您的高論

⑧尊（ご尊）　ご尊父／令尊　　ご尊家／貴府

(2)接尾語有以下幾種：

①～さん

校長さん／校長先生　　社長さん／社長先生　　山本さん／山本先生

②～さま（様）　**基本上與**さん**的意思、用法相同，尊敬程度比**さん**要高一些，但較不常使用於日常會話中，多在書信中使用。**如：

宮様／皇族殿下　　高橋様／高橋先生　　広子様／廣子女士

③～どの（殿） **僅用於書信之中，若在一般會話中使用，可能會讓對方覺得自己被嘲弄，因此須特別注意。**如：

部長殿／部長大人　　所長殿／所長大人

大山次郎殿／大山次郎先生

④～がた（方） **表示眾多的人。相當於中文的「們」。**如：

先生がた／老師們　　委員がた／委員們

其中～さん、～さま也用お～さん、お～さま表示您的（父母叔伯、兄弟姊妹）。如：

お父さん／您的父親　　お兄さん／您的哥哥

お母さま／您的母親　　おばあさま／您的祖母

お客さん／客人　　お客さま／客人

看看它們在句子裡使用的情況：

○ご用がございましたら、こちらのベルでお呼びください。

／有事情時，請按這裡的鈴叫我一聲！

○これは先生のおめがねですね。教室にお忘れになりました。

／這是老師的眼鏡吧，您忘在教室裡了。

○ご説明を聞きましてよく分かりました。

／聽了您的說明後我懂了。

○社長さんにお目にかかりたいのですが。

／我想見一見您公司的社長。

○呉さん、お父さんがいらっしゃいましたよ。

／吳先生！您的父親來了。

○お客さまがいらっしゃったら、教えてください。

／客人來了的話，告訴我一聲！

○どちらさまでいらっしゃいますか。

／您是哪一位？

以上是作為口語使用的情況，看看下面一些作為書面語言時的情況：

○ぜひとも貴殿のご出席をいただき、ご指導を賜りたいと存じます。

／（學術會議請柬）懇請閣下撥冗光臨指教。

○一月十日付けのご芳書拝見いたしました。

／一月十日來函已拜悉。

○ご高名(こうめい)をかねがね 承(うけたまわ)っております。

／久仰大名。

○ご尊家(そんか)の発展(はってん)をお祈(いの)りします。

／祝貴府興旺發達。

2 表示尊敬的固有名詞、代名詞

如：

①こちら／這位、我　　そちら／那位、您

あちら／那位　　どちら／哪一位？

どなた／哪一位？

②この方(かた)／這位　　その方(かた)／那位

あの方(かた)／那位　　どの方(かた)／哪一位？

こちらの方(かた)／這位　　そちらの方(かた)／那位

あちらの方(かた)／那位　　どちらの方(かた)／哪一位？

看看它們的使用情況：

○「よろしくお願(ねが)いします。」

／請您關照！

「こちらこそよろしく。」

／倒是我需要您關照！

○失礼(しつれい)ですが、どちらさまでいらっしゃいますか。

／不好意思！您是哪位？

○あの方(かた)は東京(とうきょう)からいらっしゃった野村先生(のむらせんせい)です。

／那位是從東京來的野村老師。

○ご紹介(しょうかい)いたします。こちらの方(かた)が中村(なかむら)さんでいらっしゃいます。

／我介紹一下，這位是中村先生。

第二節 尊敬語形容詞、形容動詞、副詞

在對話中提及上級、尊長情況需要使用形容詞、形容動詞、副詞時，在這些單詞前面，附加接頭語お或ご，用來表示尊敬。お多用在和語前面，ご多用在漢語前面，但有例外。

1 形容詞、形容動詞

お忙しい（いそが）／忙

お好き（す）／喜歡

お上手（じょうず）／好、熟練

お達者（たっしゃ）／健康

ご健在（けんざい）／健在

お楽しい（たの）／開心

お嫌（いや）／討厭

お元気（げんき）／精神

お利口（りこう）／聰明

ご健康（けんこう）／健康

ご熱心（ねっしん）／熱心

ご無用（むよう）／無用、用不著

ご面倒（めんどう）／麻煩

ご厄介（やっかい）／麻煩

看看它們的用法：

○近頃（ちかごろ）ずいぶんお忙（いそが）しそうですね。

／最近您好像很忙呀！

○お利口（りこう）なお坊（ぼっ）ちゃんですね。

／真是聰明的小少爺呀！

○おじいさんはずいぶんお達者（たっしゃ）だそうで、それは何（なに）よりでございます。

／爺爺很健康，這比什麼都好。

○黄先生（こうせんせい）が日本画（にほんが）がお好（す）きですね。

／黃老師喜歡日本畫呀！

②副詞

ご熱心に／熱心地　　ご自由に／自由地、隨便地

ごゆっくり／慢慢地　　ごゆるりと／慢慢地

看看它們的使用情況：

○もう少しごゆっくりなさってください。

／再多坐一會兒吧！

○どうぞご自由にご見学くださいませ。

／請隨便參觀！

○先生はご熱心にご説明くださいました。

／老師熱心地為我們講解了。

第三節 尊敬語動詞

日語的動詞，從是否為敬語這一角度來看，分為敬語動詞和一般動詞。其中敬語動詞又分為尊敬語動詞與謙讓語動詞。尊敬語動詞本身就含有對對方尊敬的含義，無須再增添其他的詞語，常用的尊敬語動詞有下面這一些：

常用尊敬語動詞表

一般動詞	尊敬語動詞	中文譯句
いる	いらっしゃる、お出でになる	在
行く	いらっしゃる、お出でになる	去
来る	いらっしゃる、お出でになる、見える、お越しになる	來

する	なさる、あそばす	做
言う、話す	おっしゃる	說、講
食べる、飲む	上がる、召しあがる	吃、喝
着る	召す	穿
くれる	くださる	給（我）
見る	ご覧になる	看
知る	ご存じです	（您）知道

下面看看它們的使用情況：

1 いらっしゃる

是いる、いく、来る的尊敬語。

(1) 做「いる」的尊敬語，相當於中文的「在」。

○ご両親(りょうしん)はどちらにいらっしゃいますか。

／請問您的父母在哪裡？

○呉先生(ごせんせい)は今教室(いまきょうしつ)にいらっしゃいます。

／吳老師現在在教室裡。

○六時(ろくじ)までここにいらっしゃい。

／請在這裡待到六點！

いらっしゃる接在て下面，用～ていらっしゃる做補助動詞來用，作為ている的尊敬語。相當於中文的「正在」。

○何(なに)を探(さが)していらっしゃいますか。

／您在找什麼東西？

○佐藤先生(さとうせんせい)は今古代(いまこだい)の敬語(けいご)について研究(けんきゅう)していらっしゃいます。

／佐藤老師正在研究古代的敬語。

いらっしゃる也可以接在です的連用形で下面，構成～でいらっしゃる，做～です的尊敬語來用，這時的主語則是需要尊敬的人物。大致相當於中文的「是」，有時也譯不出。

○野村先生でいらっしゃいますか。台中支社の張です。
／您是野村老師嗎？我是台中分公司的小張。

○こちらは田中社長でいらっしゃいます。
／這位是田中社長。

○お宅の皆さまはお元気でいらっしゃいますか。
／府上的人都無恙吧！

○ご機嫌はいかがでいらっしゃいますか。
／您好嗎？

(2)做「行く」的尊敬語。相當於中文的「去」。

○先生は野球の試合を見にいらっしゃいませんか。
／老師不去看棒球賽嗎？

○孫先生は京都へいらっしゃったことがありますか。
／孫老師去過京都嗎？

○今すぐ駅へいらっしゃれば急行に間にあいます。
／現在馬上去車站的話，可以趕上快車。

也能接在て下面構成～ていらっしゃる做為～ていく的尊敬語來用。相當於中文的「去」。

○社長さんは二時ごろ出ていらっしゃいました。

／社長兩點左右就出去了。

○蔵相はすぐおりていらっしゃいました。

／藏相很快就下樓去了。

(3)做「くる」的尊敬語。相當於中文的「來」。

○いらっしゃるまでお待ちしております。

／我等到您來。

○土曜日には李先生は学校へいらっしゃらないそうです。

／據說星期六李老師不會到學校來。

○いらっしゃいませ。どうぞ、お上がりください。

／歡迎您來，請進吧！

也能接在て下面構成～ていらっしゃる作為～てくる的尊敬語來用。相當於中文的「來」。

○おじいさんは色々お土産を持っていらっしゃいました。
／爺爺拿了許多土產來。
○必要なら買っていらっしゃい。
／如果需要就買來吧。

② お出でになる

在接頭語お下面接動詞出でる連用形出で，後續～になる，構成了お出でになる，作為一個尊敬語動詞來用。

(1) 做「いる」的尊敬語來用。相當於中文的「在」。

○お父さんはお宅にお出でになりますか。
／請問您父親在家嗎？

(2) 做「行く」的尊敬語來用。相當於中文的「去」。

○あの会議にお出でになりますか。
／去參加那個會議嗎？

○京都（きょうと）へお出（い）でになったことがございますか。
／有去過京都嗎？

(3) 做「くる」的尊敬語來用。相當於中文的「來」。

○よくお出（い）でになりました。
／歡迎您來！

○いつ頃（ごろ）こちらにお出（い）でになりましたか。
／什麼時候到這裡來的？

3 見（み）える

做尊敬語用時，與表示「くる」的「いらっしゃる」的意思、用法相同。相當於中文的「來」。

○お医者（いしゃ）さんが見（み）えました。
／醫生來了。

○校長先生が見えましたら、みな拍手で迎えました。

／校長來的時候，大家鼓掌歡迎。

4 お越しになる

是在接頭語「お」下面接動詞「越す」連用形「越し」，然後後續「～になる」構成的。與「見える」的意思、用法相同。相當於中文的「來」。也作為「来る」的尊敬語來用。

○あしたの午後お越しになるのですね。お待ちしております。

／您明天下午來呀，那我等您。

○わざわざお越しになりまして、ありがとうございました。

／謝謝您特意趕來。

5 なさる

是「する」的尊敬語。相當於中文的「做」。

○今年の夏休みはどうなさるおつもりですか。

／今年的暑假，您想做些什麼？

○どうぞ、無理な仕事はなさらないでください。

／請不要做做不了的事情。

它還可以構成お和語動詞連用形なさる、ごサ變動詞語幹なさる慣用型，作為尊敬語來用。

○もうお話なさったのですか。

／您已經講過了嗎？

○ご心配なさらないように。

／請不要擔心！

なさる經常用第六變化なさい表示命令，但這些已失去了尊敬語的含義，只做一般的動詞來用，表示一般的命令。如：

○お掛けなさい。

／請坐！

○はやく行きなさい。

／快去！

6 遊ばす

也作為する的尊敬語來用，尊敬的程度很高，是個古老的說法，現在在日本只有一些女性仍偶爾使用，以顯示自己有教養。從現在的使用趨勢來看，已逐漸走向衰亡。

○そんなことを遊ばしては困ります。

／做那種事不太好！

○この夏はどちらへお出掛けあそばしますか。

／今年夏天您打算到哪兒去？

7 おっしゃる

是「言(い)う」、「話(はな)す」、「述(の)べる」的尊敬語。相當於中文的「說」、「講」、「叫」等。

○昨日(きのう)先生(せんせい)はそうおっしゃいました。
／昨天老師那麼講了。

○こちらは内山(うちやま)さんとおっしゃる方(かた)です。
／這位叫內山。

○ただいま、おっしゃったことはよく分(わ)かりました。
／現在您說的話我都懂了。

8 召(め)し上(あ)がる、上(あ)がる

兩者的意思、用法基本相同，都做「食(た)べる」（吃）、「飲(の)む」（喝）的尊敬語來用。但使用「召(め)し上(あ)がる」的時候較多。都相當於中文的「吃」、「喝」或「用」。

○何を召し上がりますか。

／您要吃（喝）什麼？

○どうぞ、ごゆっくり召し上がってください。

／請您慢慢吃！

9 くださる

是「くれる」的尊敬語。相當於中文的「給（我）」。

○おじさんは中学卒業の祝いに腕時計をくださいました。

／叔叔為了祝賀我中學畢業送我一隻手錶。

○これは内山さんがくださった映画のチケットです。

／這是內山先生送給我的電影票。

但用ください表示請求、命令時，則失去了尊敬的含義，只是比くれ更鄭重一些。如：

○水を一杯ください。

／請給我一杯水！

○白い紙を二三枚ください。

／請給我兩三張白紙！

也可以接在て下面構成～てくださる作為尊敬語來用，與～てくれる的意思相同。表示尊長、上級給我或我這邊的人做某種事情。相當於中文的「給（我）做……」。

○小村先生は日本の風俗習慣について色々話してくださいました。

／小村老師跟我們講了許多日本的風俗習慣。

○田辺先生は丁寧に作文を直してくださいました。

／田邊老師仔細地幫我改了作文。

但～てください用於命令句時，則失去了尊敬的語氣，作為一般用語來用。

○すぐ来ますからちょっと待ってください。

／我馬上來，請稍等一等。

也可以用お和語動詞連用形くださる、ごサ變動詞語幹くださる作為～てくれる的尊敬語來用，尊敬的程度高於～てくださる。相當於中文的「給（我）做……」。

○先生は紹介状をお書きくださいました。

／老師給我寫了介紹信。

10 召す

是「着る」的尊敬語。有時也用「召される」有相同的意思。相當於中文的「穿」。

○今日は和服を召しますか。

／今天穿和服嗎？

○この服を召されると若くお見えになりますね。

／穿了這身衣服，顯得年輕啊！

它還經常構成慣用語來用。如：

○風邪を召す。

／感冒了。

○風呂を召す。

／洗澡。

○あの方は風邪を召されました。
／他感冒了。
○お風呂を召されては（いかがでしょうか）。
／洗一洗澡吧。

11 御覧になる

是「見る」的尊敬語。相當於中文的「看」。
○この新聞をご覧になりましたか。
／您看了這份報紙了嗎？
○孫先生は日本の歌舞伎をご覧になったことがありますか。
／孫老師看過日本的歌舞伎了嗎？

　但表示請求、命令時，一般用ご覧ください、ご覧なさい，有時也用ご覧。但使用ご覧時則失去了尊敬的語氣，只表示一種親切的命令。多對兒童或親密的人之間使用。相當於中文的「請看」！

○この絵をご覧ください。

／請看這幅畫。

○ご覧なさい。あれが富士山です。

／請看！那是富士山。

○坊や、空をご覧。飛行機が飛んでいるよ。

／小傢伙！看那天空！有飛機在飛。

也可以接在て下面，構成～てごらんになる作為～てみる的尊敬語來使用。相當於中文的「做做看」。

○調べてごらんにならないと、なかなかわかりません。

／不調查一下，是無法了解的。

○おじいさんは二回も数えてごらんになりました。

／爺爺數了兩次。

用在命令時則用～てごらんなさい或てごらん，但後者沒有尊敬的意思。

○おいしいですから食べてごらんなさい。

／很好吃，請嚐嚐看！

○ちょっと来てごらん。美しい花が咲いているよ。

／來看，有美麗的花盛開著！

⑫ご存じです

「ご存じ」是接頭語「ご」下面接用了動詞「存じる」的連用形名詞法「存じ」構成的，形式上是一個名詞，但有動詞的作用，作為「知る」的尊敬語來用。相當於中文的「知道」。

○内山さんは台湾のことをよくご存じですね。

／内山先生很了解台灣啊！

○あの人の優れているところをまだよくご存じないようですね。

／您好像還不知道他的優點啊！

○先生は野村さんもご存じでしょう。

／老師也認識野村先生吧！

由於形式上是名詞，因此可以在ご存じ下面後續の等，構成ご存じの做連體修飾語來用。

○ご存じのように、日本には美しいところがたくさんあります。

／正如您所知道的，在日本有許多美麗的地方。

○ご存じの通り、私は英語が話せません。
／您是知道的，我不會講英語。

以上是常用的尊敬語動詞以及其用法。

前面針對尊敬語動詞已做了簡單的說明，但動詞在接續動詞て下面構成～ている、～てくる、～ていく、～てみる等補助動詞，要做尊敬語使用時，應該怎麼說才好呢？如：休んでいる、持ってくる的尊敬語應該怎麼說呢？一般來說有兩種不同的說法，一種是將て前面的動詞用尊敬語，而て後面的動詞用一般動詞；另一種說法是て前面的動詞用一般動詞，而て後面的動詞用尊敬語動詞。如：

?①お休みになっています。
○②休んでいらっしゃいます。／正在休息。
?③持たれて来ました。
○④持っていらっしゃいました。／拿來了。

？⑤実際にお使いになってみますと、なかなか便利なものです。

◯⑥実際に使ってご覧になりますと、なかなか便利なものです。

／實際使用後，是非常方便的。

雖然有兩種說法，但例②、④、⑥的說法是常說且通順的，身為外國人學習日語的我們，要掌握例②、④、⑥的說法，即用一般動詞＋尊敬語動詞。

第四節 尊敬語慣用型

在表示尊敬人物的動作、行為時，除了使用尊敬語動詞以外，還可以使用一定的慣用型來代替尊敬語動詞，這一類慣用型有：

れる、られる

お～になる、ご～になる

お～なさる、ご～なさる

お～あそばす、ご～あそばす

お～です、ご～です

它們都可以用來講說話者或尊長、上級的動作、行為表示尊敬。下面分別加以說明。

1 れる、られる

它們是敬語助動詞，為了方便說明，於是放在這一項裡加以說明。其中れる接在五段動詞未然形下面，られる接在五段動詞以外的其他動詞未然形下面，都表示尊敬。由於它們有規律地接在動詞下面，可以簡單地構成尊敬語，因而廣為機關職員、公文、報紙等使用。但由於它們的尊敬程度比較低，並容易和被動助動詞相混淆，所以日語語言學界主張使用お～になる（ご～になる）、お～なさる（ご～なさる）等慣用型，而不用れる、られる。れる、られる構成的尊敬語如：

○話（はな）される／說
○読（よ）まれる／唸、讀
○出掛（でか）けられる／外出
○出席（しゅっせき）される／出席
○来（こ）られる／來
○買（か）われる／買
○着（つ）かれる／到着
○起（お）きられる／起床

○先生は夏休みにどちらかへ行かれましたか。

／老師暑假有到哪裡去嗎？

○先日先生の言われた本はこれでしょうか。

／前幾天老師講的那本書是這一本嗎？

○大村教授は九時に学校に来られる予定です。

／大村教授預定九點到學校來。

○先日学長は提案されました。

／前幾天校長提出了這一提案。

○先生はもう出掛けられました。

／老師已經出發了。

但有些動詞如いる、寝る、着る、見る等語幹、語尾在一起的動詞，則不能接れる或られる來表示尊敬，即不能講いられる、寝られる、着られる、見られる等。它們分別要用おられる（或いらっしゃる）、お休みになる、召される、ご覧になる。但来る雖然也是語幹、語尾在一起的動詞，可是能用来られる。另外死ぬ也不好用死なれる，而要用亡くなる或亡くなられる。

○先生は毎日何時にお休みになりますか。

／老師每天幾點就寢？

○黄先生は日本の相撲をご覧になったことがありますか。

／黄老師看過日本的相撲嗎？

其中れる、られる構成的行かれる、来られる可以接在て下面，分別構成～ていかれる、～て来られる作為～ていく、～て来る的尊敬語來用，與～ていらっしゃる的意思、用法相同。相當於中文的「……去」、「……來」。

○おじさんは色々お土産を持って来られました。

／叔叔拿來了許多土産。

○社長さんは一時頃出て行かれました。

／社長一點左右出去了。

但當命令句來用時，不用～て行かれよ、～て来られよ，這時則要用～ていらっしゃい。

○じゃ、行っていらっしゃい。

／那麼您慢走吧！

〇はやくそれを買っていらっしゃい。

／快去把它買來吧！

2 お～になる、ご～になる

お接在和語動詞連用形前面，ご接在漢語語幹（多是サ變動詞語幹）前面，分別構成お和語動詞連用形になる、ごサ變動詞語幹になる，作為尊敬語來使用，表示對話題中人物的動作、行為、存在的尊敬。從尊敬的程度上來看，它高於れる、られる，並且不會與被動助動詞相混淆，因此日本語言學者普遍提倡使用這一用法。如：

〇お読みになる／唸、讀　〇お帰りになる／回去

〇お書きになる／寫　〇ご出発になる／出發

〇ご説明になる／說明　〇ご心配になる／擔心

〇先生もそのことをお聞きになりましたか。

／老師也聽說那件事情了嗎？

○これは内山先生がお描きになった絵です。

／這是內山老師畫的畫。

○田中さんは台湾をご旅行になったことがありますか。

／田中先生有去台灣旅行過嗎？

○朝のお薬をご服用になりましたか。

／您吃了早上的藥了嗎？

有些動詞構成的這一類慣用型，如：お越しになる（來）、お出でになる（來、去、在）、ご覧になる（看）等較為常用，而它原來的動詞已很少獨立使用，因此本書將它們視為敬語動詞並已在上一節說明。

另外，寝る、見る、着る、来る等語幹語尾在一起的動詞，一般不用お寝になる、お見になる、お着になる，也不用お来になる，而要用另外的表現形式，一般用お休みになる、ご覧になる、お召しになる、お出でになる，來作為寝る、見る、着る、来る的尊敬語來用。死ぬ也不能說お死になる，而要用亡くなる、亡くなられる或用お亡くなりになる。如：

○お客さんはもうお休みになりました。

／客人已經睡了。

○今日和服をお召しになりますか。

／今天穿和服嗎？

○学長は日本語学部にお出でになりました。

／校長先生到日語系來了。

另外它也不能構成命令句。

3 お～なさる、ご～なさる

它們分別構成慣用型お和語動詞連用形なさる、ごサ變動詞語幹なさる作為尊敬語來用。兩者都是比較舊的說法，尊敬程度比お～になる、ご～になる要高一些。如：

○お話なさる／說、講

○お呼びなさる／叫

○お帰りなさる／回去

○ご旅行なさる／旅行

○ご研究なさる／研究

○ご案内なさる／帶路、嚮導

○先生はまだお聞きなさらないのですか。

／老師還沒有聽到吧？

○これは内山先生が八十年代にお書きなさった本です。

／這是內山老師八十年代寫的書。

○そんなにご心配なさらないでください。

／請不要那麼擔心！

○これは野村先生がご研究なさった成果です。

／這是野村教授的研究成果。

同樣地寝る、見る、着る、来る以及死ぬ等動詞，不能用お～なさる或ご～なさる。

另外由於なさる是する的尊敬語動詞，因此在用ご～なさる時，前面的ご可以省略，只用サ變動詞なさる。即將ご旅行なさる、ご研究なさる、ご案内なさる分別說成旅行なさる、研究なさる、案内なさる。如：

○内山先生は台湾を旅行なさったことがあるそうです。

／聽說內山老師來台灣旅行過。

○代表団（だいひょうだん）は何時（なんじ）に出発（しゅっぱつ）なさいますか。

／代表團幾點出發？

它可以用お～なさい做命令句，表示命令。但這麼用時只是一般的請求命令，而沒有多大敬意。如：

○ペンでお書（か）きなさい。

／請用筆寫！

○そんなにいやなら、おやめなさい。

／要是那麼不願意，就不要做了。

4 お～あそばす、ご～あそばす

它們分別構成慣用型お和語動詞連用形あそばす、ごサ變動詞語幹あそばす作為尊敬語來用。它們是在前面幾個尊敬語慣用型中，最高的敬語形式。這一表現形式過去較常使用，但現在只限於一些成年女性使用，男性已很少使用。如：

○お読みあそばす／唸、讀
○お休みあそばす／休息
○ご相談あそばす／商量
○お出掛けあそばす／外出
○ご研究あそばす／研究
○ご帰国あそばす／回國

○お父さんは何時にご出発あそばしますか。
／（妻子問丈夫）您幾點動身呀？
○内山先生は京都あたりをご旅行あそばしましたね。
／內山老師到京都一帶旅行去了啊！
○先生は面白い本をお書きあそばしたそうですが、何という名前でございますか。
／聽說老師寫了一本很有趣的書，叫什麼名字？

有時也可以在下面再接敬語助動詞れる構成お～あそばされる來用，表示更加尊敬，但它除了女性說話時或在書信中使用外，在日常生活中很少使用。如：

○開会式には首相もお出であそばされました。
／首相也參加了開會典禮。（女性使用）

○風邪(かぜ)をお引(ひ)きあそばされましたそうでございますが、いかがでいらっしゃいますか。

／聽說您患了感冒，現在好些了嗎？（女性書信）

另外也可以用於命令句，日本的一些中年婦女常用お～あそばせ、ご～あそばせ表示請求、命令。相當於中文的「請您」。

○ご免(めん)あそばせ。

／請您原諒！

○この絵(え)をご覧(らん)あそばせ。

／請看這幅畫！

○よろしかったら、どうぞお上(あ)がりあそばせ。

／若合您的胃口，就請用吧！

5 お～くださる、ご～くださる

它們分別構成慣用型お和語動詞連用形くださる、ごサ變動詞語幹くださる作為尊敬語來用，與～てくださる意思、用法相同，表示上級、尊長為自己或自己這方面的人做某種事情。但尊敬程度比～てくださる要高。相當於中文的「為（我）做……」、「給（我）」。

○お書きくださる／為我寫；寫給我

○お送りくださる／送給我

○ご解釈くださる／為我講；解釋給我（聽）

○ご安心くださる／請放心

○小川先生はたびたびそうお教えくださいました。

／小川老師常這樣教導我們。

○丁先生はわざわざ紹介状をお書きくださいました。

／丁老師特地為我寫了介紹信。

○お貸しくださった本をお返しいたします。ありがとうございました。

／還給您借給我的書。謝謝您了。

○先生は難しいところを繰り返してご説明くださいました。

／老師把難懂的地方反覆講了幾遍。

在這裡順便提一下，它構成的ご免(めん)ください使用情況較多。基本含意是請您原諒，但可以用在各種場合，表示不同的意思。

○ご免(めん)ください。
／（在拜訪的人家門前講）有人在家嗎？

○ちょっとご免(めん)ください。すぐ戻(もど)りますから。
／（表示對不起）對不起，我很快就回來。

○ご免(めん)ください。この近(ちか)くには郵便局(ゆうびんきょく)はありませんか。
／（問路時講）請問，這附近有郵局嗎？

6 お～です、ご～です

它們分別構成お和語動詞連用形です、ごサ變動詞語幹です，有時也用お和語動詞連用形でございます、ごサ變動詞語幹でございます作為尊敬語來用。這一慣用型的形式上是名詞形式，但起動詞作用。如：お考(かんが)えです與考(かんが)える意思相同。如：

○お持(も)ちです／帶有

○お出掛けです／外出

○ご出発です／出發、起身

○ご到着です／到達

○パスポートはお持ちですか。

／您有護照嗎？

○この問題についてどうお考えですか。

／關於這個問題，您怎麼想？

○お疲れではありませんか。

／您不累嗎？

○心当たりがおありでしたら、私にご連絡ください。

／如果有了頭緒，請和我聯繫！

○先生はずいぶん大きい荷物がおありですね。お持ち帰りになるのですか。

／老師的行李真大啊！要拿回去嗎？

○内山先生はもうすぐ東京へお帰りですから、今晩歓送会を開くつもりですが、ご出席になれますか。

／內山老師就要回東京了，我們打算今晚開個歡送會，您能參加嗎？

お～です、ご～です這一敬語表現一般情況下，既可以表示現在，也可以表示過去，也就是說，除了慣用語外，它很少用お～でした、ご～でした結句，講過去的情況時，通常用時間副詞或其他副詞來表示。如：

○このことはもう先生にお話しですか。（＝もう～話したか）

／這件事已經和老師講了嗎？

○この新聞はもうお読みですか。（＝もう読んだか）

／這份報紙您看過了嗎？

另外這一表現形式，如：お待ち、お出掛け、お疲れ，雖是動詞的作用，但形式上還是名詞，因此可以在下面接の做連體修飾語來用。如：

○順番をお待ちの方（＝待っている方）は廊下でお待ちください。

／排隊的人請在走廊等。

○先生（せんせい）はお出掛（でか）けのようです。（＝出掛（でか）けたようです）

／老師好像外出了。

○お疲（つか）れのご様子（ようす）ですが……（＝疲（つか）れたようですが）

／您好像有些累了……

以上幾種表達方式是用お～です、ご～です以及幾種慣用型構成的尊敬語。

第五節 尊敬語的命令表現及禁止命令表現

在這一節裡將介紹尊敬語的命令表現和禁止命令表現，在命令句裡和禁止命令句裡尊敬語該怎麼講呢？

1 尊敬語的命令表現

在日語裡，表示命令時，有多種的形式。如：動詞命令形、～なさい、お～なさい、～てくれ、～てください、お～ください、～てくださいませんか、お～くださいませんか、～ていただきます、お～いただきます、～ていただきませんか、お～いただきませんか、お～願います、お～願えませんか等。

其中動詞的命令形，如：立て、気を付け常作為軍事用或標語口號來用，在一般生活裡較不常使用；～てくれ較粗俗，只在關係親密的人之間使用，而～なさい、お～なさい，後者與前者比較起來，雖然鄭重一些，但一般也只是長輩、上級命令晚輩、下級或請求平輩的說法。其他的一些表現形式，可以說是尊敬語的命令表現形式，但它們尊敬的程度、委婉的語氣是不同的。下面分別介紹一下它們的用法：

(1) ～てください

在這裡雖然將它列入敬語的尊敬語表現裡，但它的尊敬程度最低，可以說是一種鄭重的說法。現在多用於同級、同輩之間。相當於中文的「請……」。

○こちらへ来てください。

／請到這邊來！

○おっと、気をつけてやってください。

／哎呀！再小心點做。

(2) お～ください、ご～ください

它們分別構成お和語動詞連用形ください、ごサ變動詞語幹ください，表示請求命令。尊敬的程度比～てください要高一些，可以用於長輩、上級或需要客氣一些的客人，含有請求拜

託的語氣。相當於中文的「請（您）……」。

○どうぞ、お入りください。

／請進來吧！

○お名前をここにお書きください。

／請把名字寫在這裡！

○今社長がまいりますから、ここでお待ちください。

／社長就來，請在這裡稍等！

上述前兩句也可以用～てくださいませんか、お～くださいませんか，這樣講語氣更加委婉，使人聽了沒有生硬的感覺。如：

○ただいま、社長がおりませんから、午後電話してくださいませんか。

／現在社長不在，請您下午再來電好嗎？

○ただいま、社長がおりませんから、午後お電話くださいませんか。

／現在社長不在，請您下午再來電好嗎？

～てください、お～ください也可以用～てくださいませ、お～くださいませ，表示命令，這時語氣也比較委婉。

○どうぞ、お上(あ)がりくださいませ。

／請吃！

○少々(しょうしょう)お待(ま)ちくださいませ。

／請稍候！

○どうぞ、サインしてくださいませ。

／請簽名！

須注意お～ください與～てください容易混淆，有時會混在一起用，這樣就錯了。

×お書(か)いてください。↓○お書(か)きください。

／請寫吧！

×お待(ま)ってください。↓○お待(ま)ちください。

／請稍候！

(3)～ていただく

いただく雖然是謙讓語，但接在て下面構成～ていただく時，則表示自己請求對方如何如何，這樣則構成了請求命令句。它的尊敬程度要高於～てください、お～ください，因此多在

比較鄭重的場合或向上級、長輩使用。相當於中文的「請（您）……」。

○少し待っていただきます。

／請稍等一下！

○意味を説明していただきます。

／請解釋一下意思！

有時也用～ていただけませんか，有相同的意思，語氣更加委婉。

○ご免ください。駅への道を教えていただけませんか。

／對不起！請您告訴我一下往車站的路。

○この和歌の意味を説明していただけませんか。

／能否說明一下這首和歌的意思！

(4) お～いただく、ご～いただく

它們分別構成お和語動詞連用形いただく、ご漢語動詞（サ變動詞）語幹いただく此型態屬於謙讓語慣用型，表示自己想從別人身上得到某些恩惠。可以用來請求、命令對方。它的尊敬程度比～ていただく還要高一些。相當於中文的「請（您）……」。

○もう少しお待ちいただきます。

／請再等一下！

○もう少しご説明いただきます。

／請再說明一下！

也可以用お～いただけませんか、ご～いただけませんか有相同的意思，只是語氣更加委婉。

○この小説をちょっとお貸しいただけませんか。

／請把這本小說借給我一下！

○社長さんがもうお帰りになったそうですが、ちょっとお呼びいただけませんか。

／聽說社長已經回家了，但能幫我找一下社長嗎？

(5) お～願う、ご～願う

它們分別構成お和語動詞連用形ねがいます、ご漢語動詞（多為サ變動詞）語幹ねがいます慣用型，表示對對方的請求，請求對方進行某種活動，但它的語氣比較客氣，和聽話者保持

一定的距離。相當於中文的「請……」。如：

○明日十時にお出でねがいます。

／請明天十點來！

○ご訪問中、私たちの不行届きをお許しねがいます。

／在您訪問期間，我們不周到之處，請予原諒！

○それだけはご勘弁ねがいます。

／唯獨這點，請您原諒！

○おかげさまでみな無事ですからご安心ねがいます。

／託您的福，大家都很好，請您放心！

也可以用お～ねがえませんか、ご～ねがえませんか慣用型，為相同的意思，但語氣更加委婉。相當於中文的「可以……嗎？」如：

○支払いは十日間お延ばしねがえませんか。

／可否將付款期限延長十天？

也可以用動詞性名詞をねがいます，但因為是表示請求，語氣須更客氣一些，所以較常使用丁寧語表現，則用動詞性名詞をおねがいします。表示對對方的請求、拜託，同樣地語氣比較委婉，並與對方保持一定的距離。相當於中文的「請……」。如：

○お暇(ひま)でしたら、家事(かじ)の手伝(てつだ)いをねがいます。

／如果你有空的話，請幫忙做家事。

○テープ・カットをおねがいします。

／請剪綵！

○ちょっとサインをおねがいします。

／請簽個字！

也可以用お（ご）形容詞連用形ねがいます、お（ご）形容動詞連用形ねがいます、副詞ねがいます，用丁寧語表現，則將ねがいます換用おねがいします，表示請求、拜託，同樣地語氣比較客氣。相當於中文的「請……」。如：

○おはやくねがいます。

／請快點！

○お静(しず)かにおねがいします。。

／請安靜一些！

○さっさとおねがいします。

／請快一點！

上述用お～ねがいます、～をおねがいします、お形容詞おねがいします都表示請求、拜託，與お～ください、お～いただきます意思相同，但語氣委婉，含有拜託的語氣，適用於向一些客人或比較生疏的人使用。

②尊敬語的禁止命令表現

所謂禁止命令就是要求對方不要如何如何、不許如何如何。它也有許多說法。如：～てはいけません、～てはなりません、～ないでください、～ないように（お願(ねが)いします）、～なさらないように（お願(ねが)いします）等。

其中～てはいけません、～てはなりません可以說是丁寧語，而不是尊敬語，因此對尊長、上級或一些客人是不適合用的。至於其他幾種說法，雖都屬於尊敬語，但對對方尊敬的程度是不同的。

(1)～ないでください

它與～てください相同，雖將它劃歸為尊敬語一類，但尊敬程度最低，一般用於同級同輩人之間。也是不適用於長輩、上級的。相當於中文的「請不要……」、「不要……」。

○お酒を飲まないでください。

／請不要喝酒！

○五時まで帰らないでください。

／在五點以前不要回去！

(2)～ないように（お願いします）

完整的說法是～ないようにお願いします，也可以省略後半部，只用～ないように，都是尊敬語的禁止命令表現，可以用於尊長、上級或來訪的客人。相當於中文中的「請不要……」。

○展示品(てんじひん)にお触(ふ)れにならないように（お願(ねが)いします）。

／請不要觸碰展覽品！

○お忘(わす)れもののないように（お願(ねが)いします）。

／請不要忘記隨身物品！

在後半部也可以接～なさい構成的用語。如：

○あまり遅(おそ)くならないように（お帰(かえ)りなさい）。

／請不要回去得太晚！

○なるべく冷(つめ)たいものを上(あ)がらないように（気(き)をつけなさい）。

／請注意盡量不要吃生冷的東西！

(3) お～なさらないように、ご～なさらないように

なさらない是敬語動詞なさる後續否定助動詞ない構成的。～なさらないように後面也同樣省略お願(ねが)いします等詞語。它的尊敬程度高於前面的～ないように，可以用於尊長、上級或來訪的客人等。相當於中文的「請不要……」。

○煙草(たばこ)をおのみなさらないように（お願(ねが)いします）。

／請不要吸菸！

○遠いところまでお出掛けなさらないように（お願いします）。

／請不要到遠的地方去！

○お忘れものをなさらないように（お願いします）。

／請不要忘記隨身物品！

○どうぞ、ご心配なさらないように。

／請不要擔心！

利用含有否定意義的動詞，如遠慮する來構成請求命令句，表示禁止命令。但它是極委婉的說法。相當於中文的「謝絕」、「請勿……」等。

○喫煙はご遠慮ねがいます。

／請勿吸菸！

○二階の参観はご遠慮ください。

／謝絕到二樓參觀！

第六節 尊敬語的可能表現

日語裡的一般動詞要表示可能時，後續可能助動詞れる、られる來表達。如読む後續れる形成読まれる約音成為読める；食べる後續られる構成食べられる，分別表示能唸（讀）、能吃。但尊敬語動詞要表示可能時，應該怎麼講呢？大致有下面兩種說法：

1 固有的可能動詞おわかりになる、おできになる等

即含有可能意思的動詞，如：わかる、見える、聞える、できる等，一般用お～になる這一慣用型來表達。如：

○私の言ったことがおわかりになりますか。

／我講的，您懂了嗎？

○手続きはひとりでおできになりますか。

／您一個人可以辦理手續嗎？

○あの山の頂きにある建物がお見えになりますか。

／您能看見那山頂上的房子嗎？

上述的説法雖正確，但多少有些生硬，因此也可以用其他意思相同的説法來代替，它們分別可以講：

○私の言ったことをご理解いただけたでしょう。

／我講的您可以懂吧！

○手続きは一人でよろしいでしょうか。

／您一個人可以辦理手續吧！

○あの山の頂きにある建物がお見えになるでしょう。

／您看得到那個山上的房子吧！

② 一般動詞的可能表現お～になれる、ご～になれる

即非可能動詞要作為尊敬語來用。表示可能時，要使用お和語動詞連用形になれる（或用お～になることができる）、ご漢語動詞語幹になれる（或用ご～になることができる）這一慣用型。如：

○お読(よ)みになれる。

／能唸（讀）。

○お登(のぼ)りになることができる。

／能夠爬。

○ご案内(あんない)になれる。

／能做嚮導。

○ご出席(しゅっせき)になることができる。

／能夠參加。

下面看看它們的使用情況：

○このホームで次の列車をお待ちになることができません。

／不能在這個月台等下一班次的火車。

○内山外相は英語をご自由にお話しになれます。

／內山外交部長能自由地講英語。

○田中先生は中国語の本もお読みになれます。

／田中老師能夠讀中文書。

○車があいていれば、いつでもご利用になれます。

／如果在沒有人使用的情況下，您隨時都可以開車。

○同窓会は日曜日の午後ですから、先生もご参加になれることと思います。

／同學會在星期天的下午開，我想老師也能夠參加。

以上是尊敬語名詞、形容詞（包括形容動詞）以及動詞的主要用法。

第二章 謙讓語

謙讓語也稱為自謙性的敬語。一般在說話者提到自己這方面的人如何如何時使用謙讓語，以表示對聽話者或話題中人物的尊敬。使用時大致會有下面兩種情況：

(1)直接向聽話者講自己或自己這方面的人如何如何，用來表示對聽話者的尊敬。

○駅(えき)までお送(おく)りいたしましょう。

／我送您到車站去吧！

這是說話者直接對聽話者（客人）講的。

(2)雖也是講自己或自己這方面的人的行為，但聽話者不是要尊敬的對象，而是要尊敬話題中的人物，且聽話者是自己這方面的人。如：

○次郎(じろう)はお客様(きゃくさま)を駅(えき)までお送(おく)りしましたよ。

／次郎送客人到車站去了。

這句話裡所要尊敬的人不是聽話者，而是話題中的人物，即お客様(きゃくさま)。動作主體是次郎(じろう)，是自己這方面的人。這時要用謙讓語。お送(おく)りしましたよ則是謙讓語。

謙讓語也有謙讓語名詞、謙讓語動詞等。

第一節 謙讓語名詞

謙讓語和尊敬語稍有不同，尊敬語可以用較多的接頭語、接尾語來構成名詞，表示對對方或尊長、上級的尊敬，或用來講對方或尊長的所屬事物。如お名前（なまえ）（您的名字）、ご住所（じゅうしょ）（您的住址）、お嬢（じょう）さん（您家小姐）、山川先生（やまかわせんせい）（山川老師）、おじさま（叔父）等。而謙讓語只有少數漢語接頭語構成謙讓語名詞，並且所構成的單詞也較少。其次則是把一般的名詞作為謙讓語名詞來用。

1 構成謙讓語名詞的接頭語

這種接頭語很少，並且可構成的名詞也不多。一般在口語裡很少使用，多作為書面語言，用在文章、書信、函電裡。

①愚　愚兄／愚兄　　愚案／我的方案

②小　小生／本人　　小社／敝公司、本公司

③粗　粗茶／粗茶　　粗品／薄禮

④弊　弊社／敝公司　　弊紙／本報

⑤当　当店／本店　　当校／本校

下面看看它們的使用情況：

○小生は無事に東京に到着いたしました。

／我平安地到了東京。

○粗品でございますが、どうぞお受け取りください。

／一點薄禮，請您收下！

○弊社は品質の向上に絶えず努力しております。

／本公司不斷努力在提高產品品質。

○はなはだすみませんが、当店はその品を扱っておりません。

／很抱歉，本商店沒有販賣那種商品。

2 做謙讓語用的普通名詞

(1) 用「うちの」構成的名詞

普通名詞うち後續の，用うちの做連體修飾語，修飾下面的名詞，這一謙讓語表示我們的……，相當於中文的「敝……」、「我們的……」。

○うちの会社（かいしゃ）／敝公司、我們公司

○うちの学校（がっこう）／敝校、我們學校

○うちの店（みせ）／敝商店、我們的商店

○うちの会社（かいしゃ）は週（しゅう）にやはり六日（むいか）仕事（しごと）です。

／敝公司每週仍工作六天。

○うちの学校（がっこう）は来週（らいしゅう）から夏休（なつやす）みです。

／敝校從下週開始放暑假。

(2) 有關親屬的稱呼

一般用普通名詞來作為有關親屬的謙讓語來用。為了便於對比，將尊敬語稱呼一併列出

有關親屬稱呼對照表

謙讓語稱呼	尊敬語稱呼
家族（かぞく）／家屬	ご家族（かぞく）／您的家屬
うちのもの／家裡的	お宅（たく）の方（かた）、おうちの方（かた）／您的家人
夫（おっと）／我的丈夫	ご主人（しゅじん）／您的丈夫
妻（つま）、家内（かない）、女房（にょうぼう）／我的妻子	奥（おく）さん、奥（おく）さま／您的太太
父（ちち）／我的父親、家父	お父（とう）さん、お父（とう）さま／您的父親
母（はは）／我的母親、家母	お母（かあ）さん、お母（かあ）さま／您的母親
子供（こども）／我的孩子	お子（こ）さん、お子（こ）さま／您的孩子
息子（むすこ）／我的兒子	お坊（ぼっ）ちゃん、息子（むすこ）さん／您的少爺
娘（むすめ）／我的女兒	お嬢（じょう）さん、娘（むすめ）さん／您的小姐

謙稱	敬稱
兄(あに)／我的哥哥	お兄(にい)さん、お兄(にい)さま／您哥哥、令兄
姉(あね)／我的姊姊	お姉(ねえ)さん、お姉(ねえ)さま／您姊姊
兄弟(きょうだい)／我的兄弟	ご兄弟(きょうだい)／您的兄弟

在對話中提到自己的親屬時，則要用謙讓語稱呼（即謙稱）；提到對方的親屬時，則要用尊敬語稱呼（即敬稱）。另外在中文裡，一般講成我的父親、您的父親，而在日語裡只用父(ちち)和お父(とう)さん就可以了。父(ちち)不言而喻是講自己的父親，而お父(とう)さん則是指您的父親。我們外國人在學習日語時很容易用錯，這是值得注意的。如：

○父(ちち)は田舎(いなか)に住(す)んでおります。
／我的父親現在住在鄉下。

○張(ちょう)さん、お父(とう)さんがいらっしゃいましたよ。
／張先生！您的父親來了。

○兄(あに)は今日(きょう)休(やす)みです。
／我的哥哥今天休息。

○お兄さんは今日休みですか。

／您哥哥今天休息嗎？

(3) 有關同事的稱呼

也是將普通名詞作為謙讓語名詞來用，為了便於對比，將尊敬語稱呼一併列出。

有關同事稱呼對照表

うちの会社／我們公司	貴社／貴公司、您公司
会社の人／我們公司的人	会社の方／您公司的人
山川／山川	山川さん／山川先生
社長／社長	社長さん／社長先生
社長の佐藤／社長佐藤	佐藤社長／佐藤社長
名前／（我的）名字	お名前／您的名字
住所／（我的）住址	ご住所／您的住址

看看它們使用的情況：

○社長(しゃちょう)さんはいらっしゃいますか。

／社長先生在嗎？

○社長(しゃちょう)は出張中(しゅっちょうちゅう)でおりません。

／社長出差了，不在。

前一句是在電話裡外人詢問社長在不在，因此用社長(しゃちょう)さん；而後一句是這公司職員在電話裡的答話，這時講自己公司的社長則用社長(しゃちょう)。

○お名前(なまえ)は何(なん)と言(い)いますか。

／您叫什麼名字？

○名前(なまえ)は陳平和(ちんへいわ)と申(もう)します。

／我的名字叫陳平和。

前一句是問您的名字，因而用お名前(なまえ)；後一句答話講我的名字，因此用名前(なまえ)。

(4) 其他謙讓語

在用人稱代名詞時，一般用わたくし、わたし（我）、わたしども（我們），這些都屬於謙讓語；而講對方時則用あなた（您）、あなたがた（你們）。這些比較容易掌握。如：

○わたしどもはけさ東京（とうきょう）に到着（とうちゃく）いたしました。

／我們今天早上來到了東京。

○あなたがたはみな台北（タイペイ）からいらっしゃったのですね。

／你們都是從台北來的吧。

第二節 謙讓語動詞

在前一章第三節裡已經提到：日語的敬語動詞分為尊敬語動詞與謙讓語動詞。尊敬語動詞用來講自己尊敬人物的動作；而謙讓語動詞講自己或自己這方面的人物之行為、動作。它們也與尊敬語動詞一樣，無須增加其他的詞語，就能表示說話者的謙讓。尊敬語動詞與謙讓語動詞關係如下：

●敬語動詞

尊敬語動詞：いらっしゃる、なさる、おっしゃる、召(め)しあがる、くださる等。

謙讓語動詞：おる、まいる、いたす、申(もう)す、伺(うかが)う、いただく等。

將常用的謙讓語動詞列於表下，供讀者參考。

一般動詞	謙讓語動詞	中文譯句
いる	おる	在、有
する	いたす	做
行(い)く	まいる、あがる	去
来(く)る	まいる、あがる	來
言(い)う	申(もう)す、申(もう)し上(あ)げる	說、講、叫
知(し)る	存(ぞん)じる、存(ぞん)じ上(あ)げる	知道
思(おも)う	存(ぞん)じる	想、認為
聞(き)く	伺(うかが)う、承(うけたまわ)る	聽
見(み)る	拝見(はいけん)する	看

見（み）せる	お目（め）に掛（か）ける、ご覧（らん）に入（い）れる	給（您）看
会（あ）う	お目（め）にかかる	見（您）、會見
訪（たず）ねる、訪問（ほうもん）する	伺（うかが）う、上（あ）がる	訪問、拜訪
食（た）べる、飲（の）む	いただく、頂戴（ちょうだい）する	吃、喝
やる	あげる、差（さ）し上（あ）げる、進呈（しんてい）する	給（您）
もらう	いただく、頂戴（ちょうだい）する	要、領
わかる	承知（しょうち）する、かしこまる	懂、知道

下面看看它們的使用情況：

1 おる

是いる的謙讓語，表示自己或自己這方面的人在。相當於中文的「在」。

○母はいまでも田舎におります。

／我的母親現在還在鄉下。

○部長はただいま外出中でおりません。

／部長外出了不在。

○「おい、中村君いるかい。」

／「喂！中村在嗎？」

「ああ、課長はおりません。」

／「啊！課長不在。」

○「太田先生はご在宅でしょうか。」

／「太田老師在家嗎？」

「主人はおりませんが、どなたさまでしょうか。」

／「我的丈夫不在，您是哪一位？」

接在て下面構成～ておる作為～ている的謙讓語來用，表示自己或自己這方面的人，正在做……。相當於中文的「正在……」。

○私（わたし）はいまその本（ほん）を読（よ）んでおります。

／我正在看那本書。

○弟（おとうと）はいま中学校（ちゅうがっこう）に通（かよ）っております。

／我弟弟在上中學。

○父（ちち）は東京（とうきょう）に行（い）っております。

／我父親正在東京。

另外おる還可以作為丁寧語來用。（參看第195頁，第三章第四節おる）

② いたす

是する的謙讓語，表示自己或自己這方面的人的做。相當於中文的「做」，或適當地譯成中文。

○後始末（あとしまつ）は私（わたし）がいたしましょう。

／由我來收拾吧！

○それではこの辺（へん）で暇（いとま）いたしましょう。

／那麼我就告辭了。

○用事(ようじ)がありますので、あした欠席(けっせき)いたします。

／我有事情，因此明天請假。

○その問題(もんだい)はもう解決(かいけつ)いたしました。

／那個問題，已經解決了。

3 参る(まい)

有下面兩種含意：

(1) 作為「行く(い)」的謙讓語，表示自己或自己這方面的人「去」。相當於中文的「去」。

○私(わたし)は来月中(らいげつちゅう)に日本(にほん)へまいります。

／下個月我會到日本去。

○お食事(しょくじ)に私(わたし)も一緒(いっしょ)にまいります。

／我也一塊兒去吃飯。

○会社(かいしゃ)のものがすぐまいります。

／我們公司的人立刻就去。

(2)也作為「来る」的謙讓語來用。相當於中文的「來」。

○お迎えにまいりました。

／我來接您了。

○ただいま課長がまいりますから、しばらくお待ちください。

／課長現在就來，請稍候。

○「今留守です。」「じゃ、あしたまたまいります。」

／「現在不在。」「那麼我明天再來。」

接在て下面做謙讓語補助動詞來用時，表示下面兩種意思：

(1)做「～てくる」的謙讓語補助動詞來用，表示自己或自己這方面的人「……來」。

○「いってまいります。」「いってらっしゃい。」

／「我走了。」「你去吧！」

○帰りに田中さんの家に寄ってまいりました。

／我回來的路上，去了田中先生家一趟。

○必要なら買ってまいります。

／如果需要的話，我買回來。

(2) 做「～ていく」的謙讓語補助動詞來用，表示自己或自己這方面的人的「去……」。

○お宅まで送ってまいります。

／我送到您府上。

○重いからリヤカーで運んでまいります。

／因為太重，用手推車拉去。

○今晩、先生のお宅へ伺うときに、その本を持ってまいります。

／今晩到老師家拜訪的時候，會把那本書帶去。

另外まいる還可以做丁寧語補助動詞來用。（請參看第198頁，第三章第四節まいる。）

4 上がる

是「来る」、「行く」、「訪問する」的謙讓語，表示自己或自己這方面的人「到您那裡去」或「去拜訪您」。相當於中文的「來」、「去」、「拜訪」。

○あしたお宅へあがってもよろしゅうございますか。

／明天我可以到府上拜訪嗎？

○一度お宅へ相談にあがろうかと思っています。

／我想到府上去商量一下。

○今日は実はお詫びにあがりました。

／老實說，今天我是來向您道歉的。

○ご病気だと伺いましたのでお見舞いにあがりました。

／聽說您生病了，所以我來看您了。

另外あがる還可以作為尊敬語來用，這時則是他動詞，兩者意思完全不同。

（請參看第54頁，第一章第三節召しあがる、あがる）

5 申す

是「言う」的謙讓語。用於自己或自己這方面的人的「說」、「講」、「叫」。

○つまらないことを申してすみません。

／講了一些無聊的事，很對不起。

○母からもよろしく申しております。

／我母親也向您問好。

○はじめまして、李と申します。

／初次見面，我姓李。

申す也可以作為丁寧語來用。（參見第200頁，第三章第四節申す）

6 申し上げる

「言う」的最高級謙讓語，謙讓的程度也可以說是尊敬對方的程度，高於「申す」，含有講給您聽的含義。相當於中文的「說」、「講」，或根據前後關係適當的譯成中文。

○一言御挨拶申しあげます。

／請允許我說幾句話。

○心からお祝いを申しあげます。

／致以衷心的祝賀。

○この席を借りて、一言お礼を申しあげます。

／藉此機會表示感謝。

○突然のことで何と申しあげてよいかわかりません。

／有些突然，不知道說什麼才好。

7 存じる

作為謙讓語動詞有下面兩種含義：

(1) 作為「知る」的謙讓語來用，表示自己或自己這方面人的「知道」、「認識」。

○それは存じております。

／那件事我知道。

○それは存じません。

／那件事我不知道。

○田中先生はいつ東京へお帰りになるか存じません。

／我不知道田中老師什麼時候回到東京。

○その方なら存じております。

／要是他的話，我認識。

(2)作為「思う」的謙讓語來用，表示自己或自己這方面的人的「想」、「認為」。

○結構だと存じます。

／我認為很好。

○ご無沙汰しておりますが、皆さまお元気でお過ごしのことと存じます。

／久未問候，我想大家都好吧！

○ご返事くだされば幸甚に存じます。

／如果能得到您的回信，實感榮幸。

○わたしどもは貴地に不案内ですから、空港でお会いしたいと存じます。

／我們對貴地生疏，我希望在機場見到您。

值得注意的是ご存じです，漢字也寫作存，但它是尊敬語，很容易和存じる混淆在一起。

如：

○それは存じております。

／我知道那件事。

○あのことはご存じですか。

／您知道那件事嗎？

上述的句子裡都沒有主語出現，但前一個句子用存じております，因此是謙讓語，講自己知道，而後一個句子用ご存じです則是尊敬語，講對方知道與否。

8 伺う

作為謙讓語來用，有下面兩種意思、用法。

(1) 作為「聞く」、「尋ねる」的謙讓語來用，表示自己或自己這方面人的「聽」、「聽到」或「問」、「詢問」。

○先生のご解釈を伺って疑問は解けました。

／聽了老師的解釋後，我的疑問解開了。

○このことについてあなたのご意見を伺いたいと存じます。

／關於這件事情，我想聽一聽您的意見。

○ご出張中だと伺っておりますが、いつお帰りになったのですか。

／我聽說您在出差，什麼時候回來的？

○ちょっと伺(うかが)いますが、駅(えき)へはどう行(い)ったらいいでしょうか。
／請問！往車站去怎麼走？

(2) 作為「訪(たず)ねる」、「訪問(ほうもん)する」的謙讓語，表示自己或自己這方面人的「拜訪（您）」。相當於中文的「拜訪」。

○今日(きょう)の午後(ごご)、お宅(たく)へ伺(うかが)います。
／今天下午我會到府上拜訪。

○あした伺(うかが)ってもよろしゅうございますか。
／我明天可以拜訪您嗎？

○昨日(きのう)の午後(ごご)伺(うかが)いましたが、お留守(るす)で残念(ざんねん)でした。
／昨天下午我去拜訪您，很遺憾地您不在。

○「私(わたし)のうちへ遊(あそ)びにいらっしゃいませんか。」「はい、喜(よろこ)んで伺(うかが)います。」
／「請您到我家來玩！」「好，我很樂意去。」

9 承(うけたまわ)る

一般作為「聞(き)く」的謙讓語來用。表示自己或自己這方面人的「聽」。相當於中文的

「聽」、「聞」。

○ご意見を喜んで承ります。

／我很樂意聽一聽您的意見。

○ご盛名はかねがね承っております。

／久仰大名。

○承りますれば、この度ご栄転の由、誠におめでとうございます。

／聽說您此次榮升，真是可喜可賀。

另外，在商業方面，營業員、售貨員使用時，與承知する、受けいれる意思相同。相當於中文的「接受」等，或適當地譯成中文。

○定期預金ですね。はい、承りましょう。

／是定期存款吧！好，我來承辦。

○ご注文を承りました。

／我們接受您的訂貨。

⑩ 拝見(はいけん)する

作為「見(み)る」的謙讓語，表示自己或自己這方面人的「看（您的東西）」。相當於中文的「見到」。或根據前後關係適當地譯成中文。

○拝復(はいふく)、お手紙(てがみ)拝見(はいけん)しました。

／敬覆者，已拜讀您的來信。

○ちょっと拝見(はいけん)させていただきます。

／請讓我稍看一下！

⑪ 御覧(ごらん)に入(い)れる

作為「見(み)せる」的謙讓語來用，表示自己或自己這方面人將東西「給（您）……看」。相當於中文的「給……看」。

○あなたにぜひご覧(らん)に入(い)れたい本(ほん)があります。

／我有一本書要給您看一看。

○田中先生(たなかせんせい)に台湾(たいわん)の風俗習慣(ふうぞくしゅうかん)に関(かん)する写真(しゃしん)をご覧(らん)に入(い)れました。田中先生(たなかせんせい)は大変(たいへん)お喜(よろこ)びになりました。

／我把有關台灣風俗習慣的照片給田中老師看了，田中老師很高興。

也可以接在て下面，構成～てご覧に入れる，作為～てみせる的謙讓語來用，表示自己或自己這方面人進行某種活動給（您）看。相當於中文的「給（您）看」，或不譯出。

○今度はきっとパスしてご覧に入れます。

／這次一定考上（給大家看）。

○踊りを踊ってご覧に入れましょう。

／我跳個舞給你們看吧！

○手伝ってくださったら、きっと成功してご覧に入れます。

／你們如果幫忙的話，我一定成功給大家看。

⑫お目に掛ける

是「見せる」的謙讓語，與「ご覧に入れる」的意思、用法相同，表示自己或自己這方面的人將某種東西「給對方看」。但對對方尊敬的程度低於「ご覧に入れる」。相當於中文的「給……看」。

○私の書いた字をお目に掛けましょう。

／把我寫的字給你看一看吧！

○いいものをお目に掛けますから、こちらへいらっしゃい。

／我給您看個好東西，請到這邊來！

○お恥ずかしいところをお目に掛けて大変失礼いたしました。

／讓您看見這不光彩的場面，很對不起！

○社長にも書類をお目に掛けておいた方がいいと思います。

／我想還是把文件給社長看一看比較好。

13 お目にかかる

是「会う」的謙讓語，表示自己或自己這方面的人「見到」、「遇見」某一尊長、上級，或「見到」對方。相當於中文的「見到」、「見面」等。

○長らくお目にかかりませんでした。

／許久未見了。

〇はじめてお目にかかりまして、よろしくお願いします。

／初次見面，請多關照！

〇お目にかかれてうれしゅうございます。

／能見到您我很高興。

〇先生にお目にかかりたいですが、ご都合のいい日はいつでしょうか。

／我想見一見老師，什麼時間方便呢？

〇野村先生には前に一度お目にかかりました。

／我以前見過野村老師。

⑭いただく

作為謙讓語來用，有下面幾種意思、用法：

(1)作為「もらう」的謙讓語，表示自己或自己這方面的人向對方或尊長、上級「要」某種東西。相當於中文的「要」、「接受」，或根據句子的前後關係適當地譯成中文。

○これは先生（せんせい）からいただいた本（ほん）です。

／這是老師給的書。

○大変素晴（たいへんすば）らしいものです。それではいただきます。

／這東西真好啊！那麼我就接受了。

○先日（せんじつ）は結構（けっこう）なお品（しな）をいただきましてありがとうございました。

／前幾天收到了您贈送的珍品，謝謝您了。

（2）作為「食（た）べる」、「飲（の）む」的謙讓語來用，表示自己或自己這方面的人「吃」、「喝」。相當於中文的「吃」、「喝」，或根據句子的前後關係適當地譯成中文。

○では、いただきます。

／那麼我就開動啦！

○では、遠慮（えんりょ）なくお先（さき）にいただきます。

／那麼我就先開動了。

○もう一杯（いっぱい）お茶（ちゃ）をいただきたいです。

／我想再來一杯茶！

○私は甘いものはいただきません。

／我不吃（喝）甜的東西。

也可以接在～て下面，構成～ていただく作為～てもらう的謙讓語來用，表示自己或自己這方面的人請對方或尊長上級做某種事情。相當於中文的「請（您）……」，或適當地譯成中文。

○こんないいものを買っていただいてありがとうございました。

／您給我買這麼棒的東西，謝謝您了。

○この文の意味を説明していただきたいのですが。

／我想請您說明一下這個句子的意思。

○こんな病気はやはり専門のお医者さんに見ていただいた方がいいです。

／這樣的病還是請專科醫生看一看才好。

～ていただく有時也接在使役動詞せる、させる下面，構成～せていただく或～させていただく，表示請求。請求的對象是相同的，大都是對說話者；但動作的主體是不同的：～ていただく句子裡動作主體是對方或尊長、上級；而～せていただく、～させていただく由於使用

了使役助動詞，因此使役動作主體雖是對方、上級，但實際進行某一動作的則是說話者或另外的人。如：

○では、先生(せんせい)に説明(せつめい)していただきます。

／請老師（為我們）說明！

○私(わたし)が説明(せつめい)させていただきます。

／請（老師）讓我說明！

前一句表示請老師說明，說明這一動作的主體也是請的對象；而後一句表示請讓我說明，請的對象雖是老師，但講這一動作的主體則是我（或另外的人）。因此兩者意思不同的，但很容易搞錯。

いただく也可以構成お和語動詞連用形いただく、ごサ變動詞語幹いただく慣用型做謙讓語來用。與～ていただく的意思、用法基本相同，表示自己或自己這方面的人，請求對方或尊長為自己做什麼事情。相當於中文的「請（您）……」。

○內山(うちやま)さんにお伝(つた)えいただきます。

／請您轉告內山先生一聲。

○お暇がございましたらご案内いただけますか。

／如果您有時間，能請您做嚮導嗎？

○私の論文をご覧いただきたいですが。

／我想請您幫我看一看我的論文。

～ていただきます、お～いただきます（ご～いただきます）也可以說成～ていただけませんか、お～いただけませんか（ご～いただけませんか），表示向對方的請求，這種更加尊敬對方，並且語氣更加委婉。

○駅へ行く道を教えていただけませんか。

／能請您告訴我往車站的路嗎？

○先生、夏目漱石の「坊ちゃん」を貸していただけませんか。

／老師！能把夏目漱石的「少爺」借給我看一下嗎？

○日本の部落民のことをご紹介いただけませんか。

／可以介紹一下日本的部落民嗎？

○日本の和歌について少しお話しいただけませんか。

／能（為我們）說明一下日本的和歌嗎？

（參看第82頁，第一章第五節(3)～ていただく）

15 頂戴（ちょうだい）する

作為謙讓語來用。與いただく意思、用法相同，有下面幾種含義、用法：

(1)是「もらう」的謙讓語，表示自己或自己這方面的人向對方或尊長、上級「要」東西。相當於中文的「要」、「接受」，或根據句子的前後關係適當地譯成中文。

○大変（たいへん）立派（りっぱ）なものを頂戴（ちょうだい）いたしまして、ありがとうございました。
／接受您這麼好的東西，太謝謝您了。

○ここにあなたのサインを頂戴（ちょうだい）したいのですが。
／請您在這簽名！

○この時計（とけい）は卒業（そつぎょう）記念（きねん）として校長先生（こうちょうせんせい）から頂戴（ちょうだい）したものです。
／這隻錶是作為畢業紀念品由校長給的。

(2)是「飲（の）む」、「食（た）べる」的謙讓語，表示自己或自己這方面的人的「吃」、「喝」。

○それでは頂戴します。

／那麼我就開動了。

○せっかくですから、遠慮なく頂戴いたします。

／機會難得，那我就不客氣吃了。

○「どうぞ、召し上がってください。」「はい、もうたくさん頂戴いたしました。」

／「請！請吃吧！」「是，已經吃了好多了。」

也可以接在て下面，構成～て頂戴，表示請（您）……，但是它是女性、兒童用語，一般男性、成年人很少用。相當於中文的「請……」。

○魚屋さん、あしたもまた来てちょうだい。

／賣魚的先生，明天您還要來唷！

○ぼうや、台所から茶碗を持ってきてちょうだい。

／小朋友！從廚房把飯碗拿來！

這麼用時，已不是謙讓語，只是一種女性和兒童的常用語。在這裡順便提出，僅供參考。

16 上げる

本來它也是謙讓語動詞，是「やる」的謙讓語，表示自己或自己這方面的人「給」對方或尊長、上級某種東西。但現在已逐漸作為普通動詞來用，一般只用於同輩人之間，甚至長輩、上級對晚輩、下級也用。相當於中文的「給（你）」。

○好きなら、あげましょう。
／你喜歡的話，送給你吧！

○あとで手紙をあげます。
／之後我再給你去信。

○この本を君にあげるのだ。
／把這本書送給你。

最後一句很清楚是長輩、上級對晚輩、下級講的話；而前兩句也是同輩、同級人們之間講的話，所以說它們已失去了謙讓的意義，已經成了一個普通動詞。

但有些女性有時用得不夠合適，甚至給幼兒、小動物、植物等某些東西時，也用あげる，這是錯誤的。如：

×千代ちゃん、金魚に餌をあげて頂戴。

／千代！給金魚些飼料！

×植木に水をあげなさい。

／給盆栽的樹澆點水！

這兩句話都是錯誤的。前一句應該是餌をやって頂戴，後一句應該用水をかけなさい。

也可以接在～て下面，構成～てあげる來用，原為～てやる的謙讓語，但由於它對對方尊敬的程度很低，逐漸失去了謙讓的意思，現在一般只作為普通動詞來用。相當於中文的「給你……」。

○分からなければ教えてあげます。

／你不懂的話我教你。

○必要なら買ってあげましょう。

／如果需要，我買給你。

○いいニュースですから、読んであげましょう。

／好消息，我唸給你聽！

由於它尊敬對方、謙讓自己的意思很低，並且帶有施恩於人的語氣，強調了我為你做出貢獻，因此對尊長、上級是不好用的。這時多用お～する（ご～する）、お～いたす（ご～いたす）來表達相同的意思。如：

×先生（せんせい）、カバンを持（も）ってあげましょう。↓○カバンをお持（も）ちいたしましょう。

／老師！我給您提皮包吧！

×ご希望（きぼう）でしたら、説明（せつめい）してあげましょう。↓○ご希望（きぼう）でしたら、ご説明（せつめい）いたします。

／您希望的話，我說明一下。

17 差（さ）し上（あ）げる

是「やる」、「あげる」的謙讓語。表示自己或自己這方面的人向對方或尊長、上級「送」、「贈送」某種東西。相當於中文「送」、「送給」、「給」、「贈送」等。或根據句子的前後關係適當地譯成中文。

○何（なに）を差（さ）し上（あ）げましょうか。

／（售貨員講）您需要什麼呢？

○みんなは先生にお見舞いの品を差し上げました。

／大家給老師送了慰問的禮品。

○父が先生にぜひ差し上げたいものがあると申しております。

／父親說有樣東西一定要送給老師。

○あとでこちらから電話を差し上げます。

／稍後我給您打電話。

也可以接在て下面，構成～て差し上げる作為～てやる、～てあげる的謙讓語來用。對對方尊敬的程度及謙讓的程度高於～てあげる，因此也可以對尊長、上級使用。相當於中文的「我給您……」。

○薬は私が病院からもらってきて差し上げます。

／藥我從醫院給您帶來。

○近いうちに田中さんが結婚しますから、何かお祝いの品を送って差し上げましょう。

／最近田中先生要結婚，我們送點什麼祝賀的禮品吧。

18 進呈する

也是「やる」、「あげる」的謙讓語，與「差し上げる」的意義、用法相同，表示自己或自己這方面的人向對方或尊長、上級送某種東西。一般作為書面語言來用，用在書信、印刷品上，在講話裡很少使用，相當於中文的「送」、「贈送」、「奉送」等。

○見本を進呈いたします。

／贈奉樣本。

○無料で進呈します。

／免費贈送。

○郵便で申し込み次第進呈します。

／函索即寄。

19 承知する

是「わかる」的謙讓語，表示自己或自己這方面人的「懂」、「知道」。相當於中文的「知道」。

○「この手紙を出してきてください。」「はい、承知しました。」

／「請把這封信寄出去！」「是，知道了。」

○そのことなら承知しております。

／那件事我知道。

○お申し込みの件承知しました。

／關於申請一事，已明白了。

○先生が今日いらっしゃることは李さんから聞いて承知しました。

／老師今天要來，我已經從李先生那兒聽說了。

有時用ご承知、ご承知なさる作為尊敬語來用，表示對方或尊長、上級的知道。

○ご承知の通り、台湾はそれほど大きくない島でございます。

／正如您所知道的，台灣並不是很大的島嶼。

○あなたもよくご承知のことと思います。

／我想您也知道得很清楚。

⑳かしこまる

與「承知する」相同，也是「わかる」的謙讓語，表示自己或自己這方面人的「知道」。比「承知する」尊敬的程度及謙讓的程度要高一些，一般用在講話裡，但一般用「かしこまりました」。相當於中文的「知道」、「曉得」，或根據句子的前後關係適當地譯成中文。

○「田村先生によろしく。」「かしこまりました。申しあげます。」

／「請向田村老師問好！」「好！我代為問候」

○「この手紙を内山先生に渡してくださいませんか。」「はい、かしこまりました。お渡しします。」

／「請把這封信交給內山老師！」「好！我會拿給他。」

○「カクテルをお願いします。」「はい、かしこまりました。」

／「要杯雞尾酒。」「好，知道了。」

○「万年筆を見せてください。」「はい、かしこまりました。これはいかがでしょうか。」

／「把鋼筆給我看一下！」「是，知道了。這枝怎麼樣？」

第三節 謙讓語慣用型

有些慣用型可以作為謙讓語來用，與敬語中的謙讓語動詞具有相同的作用，用來表示自己或自己這方面人的動作，但也稍有不同。這一動作一般要與對方或尊長、上級有一定的關係。

常用的有：

お～する、ご～する

お～いたす、ご～いたす

お～申す、ご～申す

お～申し上げる、ご～申し上げる

お～いただく、ご～いただく

下面分別看看它們的用法：

1 お～する、ご～する

分別構成お和語動詞連用形する、ごサ變動詞語幹する慣用型做謙讓語來使用，表示自己或自己這方面的人對對方或尊長、上級做某種事情，但自己或自己這方面的人的動作必須與對方或尊長、上級有某種關係、某種影響才可以使用。它謙讓的程度及尊敬的程度在上面提到的慣用型中最低。根據句子的前後關係適當地譯成中文。

○どうぞ、よろしくお願（ねが）いします。
／請您多關照！

○ちょっとお尋（たず）ねします、このあたりに郵便局（ゆうびんきょく）はありませんか。
／請問！這附近有郵局嗎？

○お忙（いそが）しいところを突然（とつぜん）お邪魔（じゃま）しまして、失礼（しつれい）いたしました。
／您這麼忙，我打攪您，很對不起！

○お荷物（にもつ）はこちらへお運（はこ）びしましょうか。
／我把您的行李搬到這邊來吧！

○台北(タイペイ)へいらっしゃったら、ご案内(あんない)します。

／您來台北的話，我給您做嚮導。

但如果自己或自己這方面的人的動作不和對方或尊長有關係時，則不適用這一慣用型。因此下面的說法是不通的。如：

×みんなは和服(わふく)をお着(き)して、出席(しゅっせき)いたしました。↓○みんなは和服(わふく)を着(き)て、出席(しゅっせき)いたしました。

／大家穿著和服參加了。

×父(ちち)はそうお言(い)いしました。↓○父(ちち)はそう申(もう)しました。

／父親這麼說了。

上述句子裡的大家穿著和服、父親說了都是和聽話者或上級尊長沒有任何關係的，因此不好用お～する或ご～する，這時用一般的動詞或一般謙讓語動詞。

②お～いたす、ご～いたす

分別構成お和語動詞連用形いたす、ご漢語動詞（サ變動詞）語幹いたす慣用型，與お～する、ご～する的意思、用法相同，只是尊敬的程度即謙讓的程度稍稍高於お～する、ご～する。也相當於中文的「我（為您）做……」。如：

○詳しいことはお目にかかってお話しいたします。

／詳細情況見到您以後再和您講。

○午後三時までには必ずお届けいたします。

／在下午三點以前一定送到。

○お言い付けがございましたら、お伝えいたします。

／您有什麼吩咐，我給您轉達。

○一日もはやくご回復になることをお祈りいたします。

／祝您早日恢復健康！

○このことについて私がご説明いたします。

／關於這件事，由來我說明一下。

○あとで電話でご連絡いたします。

／之後再用電話聯繫。

它和お～する、ご～する一樣，如果自己的動作不和對方或尊長、上級發生關係時，則不適用這一慣用型。因此下面的句子是不通的。一般要用一般動詞或用謙讓語動詞。如：

×来月日本へお行きいたします。↓○来月日本へ参ります。

／下個月我到日本去。

×昨日は会社をお休みいたしました。↓○昨日会社を休みました。

／昨天我向公司請假休息了。

上述句子裡的到日本去、我休息都是自己的動作，和對方或尊長、上級沒有任何關係，因此不好用お～いたす或ご～いたす，而要用一般動詞或謙讓語動詞。

但有時和對方或尊長、上級沒有關係，還是可以用漢語動詞（サ變動詞）語幹いたす這一句式，但前面是不能用接頭語お（或ご）的，這時的いたす則是代替する，因此可以這麼使用。如：

○兄は東京大学を卒業いたしましてから、松下会社に就職いたしました。

／哥哥東大畢業以後，就到松下公司工作了。

這句話裡的卒業いたしました、就職いたしました中的いたす則是代替する，因此才這麼使用。

3 お～申す、ご～申す

分別構成お和語動詞連用形申す、ご漢語動詞（サ變動詞）語幹申す慣用型，與お～する（ご～する）、お～いたす（ご～いたす）的意思、用法相同。也表示自己或自己這方面的人為對方或尊長、上級做某種事情。但所做的事情是一定要與對方或尊長發生某種關係，有某種聯繫的。它尊敬的程度（即謙讓的程度）要高於前兩者。相當於中文的「我（為您）做……」，或適當翻譯。

○のちほどお知らせ申します。
／隨後我通知您。

○よろしくお願い申します。
／請您多關照！

○のちほどご相談申します。
／隨後我和您商量。

○よければご採用申します。
　／好的話就錄用。

　它也和お～する（ご～する）、お～いたす（ご～いたす）一樣，如果自己或自己這方面人的動作和對方、尊長、上級不發生關係時，不能用這一慣用型。

4 お～申し上げる、ご～申し上げる

　分它們分別構成お和語動詞連用形申し上げる、ご漢語動詞（サ變動詞）語幹申し上げる慣用型，與お～する（ご～する）、お～いたす（ご～いたす）、お～申す、ご～申す意思、用法相同，也表示自己或自己這方面的人為對方或尊長、上級做某種事情，但這一動作一定要與對方或尊長、上級發生一定的關係，有某種影響，否則是不能用這一慣用型。其尊敬的程度高於上述幾個慣用型，是幾個慣用型中程度最高的。因而它多用於函電、書信當中作為書面語言來用，或用於演講、致詞等比較鄭重的場合。也相當於中文的「我（為您）做……」。或根據句子的前後關係適當地譯成中文。

○ご健康を心からお祈り申し上げます。

／衷心祝您身體健康！

○ご結婚を心からお喜び申し上げます。

／衷心祝賀新婚之喜。

○この席をお借りして一言お礼申し上げます。

／藉此機會，僅表謝意。

○昨年中はいろいろお世話になりましてありがとうございました。本年も何卒よろしくお願い申し上げます。

／去年蒙您多方照顧，謝謝您了，今年仍請您關照！

○不慮のご災難、心からご同情申し上げます。

／對您的意外之災，深表同情。

它也和上述幾個慣用型一樣，自己或自己這方面人的動作如果和對方或尊長、上級沒有直接的關係，不能使用這一慣用型。

另外，即使自己的動作與對方有一定的關聯，但在謙讓語動詞中，有可以獨立使用的謙讓語動詞時，則就要用**謙讓語動詞**，而不能用上述幾個慣用型式或這一慣用型。如：

×お便りをお読みいたしました。↓○お便りを拝見しました。

／來函已悉。

×あしたの午後お宅へお行き申します。↓○あしたの午後お宅へ伺います。

／明天下午我到您府上拜訪。

5 お～いただく、ご～いただく

分別構成お和語動詞連用形いただく、ご漢語動詞（サ變動詞）語幹いただく慣用型，但含義上與本節上述四個慣用型お～する（ご～する）、お～いたす（ご～いたす）、お～申す、ご～申す、お～申し上げる、ご～申し上げる不同。它表示自己或自己這方面的人請求對方或尊長、上級為自己做某種事情。基本上與～ていただく的意思相同，只是尊敬的程度，即謙讓的程度高於～ていただく。相當於中文的「請您……」。

○もう少し詳しくご説明いただきます。

／請您再詳細說明一下！

○野村先生にお伝えいただきます。

／請轉告野村老師一聲！

○お暇（ひま）がございましたら、ご案内（あんない）いただきます。
／如果有時間，請您做嚮導！

○こんな結構（けっこう）なお土産（みやげ）をお贈（おく）りいただきましてありがとうございました。
／這次承蒙贈送珍貴的土產，真謝謝您了。

○昨日（きのう）わざわざお越（こ）しいただきましたが、あいにく不在（ふざい）で失礼（しつれい）いたしました。
／昨天您特地光臨，不巧我不在家，太對不起了。

也可以用お～いただけませんか、ご～いただけませんか也同樣表示請求，但語氣更加委婉。

○もう暫（しばら）くお待（ま）ちいただけませんか。
／請再稍等一會兒！

○辞書（じしょ）をお貸（か）しいただけませんか。
／可以把字典借給我一下嗎？

（參看第83頁，第一章第五節（4）お～いただく）

第四節 謙讓語的可能表現

在日語裡，為了表示對對方的尊敬，講自己或自己這方面的人能做什麼時，除了特殊的情況外，一般要用お～できます、ご～できます謙讓語慣用型的可能表現形式。而在使用わかる、見える、聞える等可能動詞時，可以直接用這些動詞，表示可能。如：

○先生のお話はよくわかります。
／我懂老師講的話。
○目がよいので遠くまで見えます。
／我眼睛好，可以看到很遠。
○後に座っていてもよく聞えます。
／即使坐在後面，也可以聽得見。

但一般動詞表示謙讓的可能表現，則要借助できる來講，一般用お和語動詞連用形できる、ご漢語動詞（サ變動詞）語幹できる來表達，表示自己或自己這方面的人能、能夠、可以。如：

○一人でもお運びできます。

／一個人也能夠搬。

○今月の末までにお送りできます。

／在本月月底以前可以送到。

○電話でご注文くだされば、いつでもお届けできます。

／如果來電訂購的話，隨時都可以送到家裡。

○もし駅でお会いできなかったら、会場でお会いしましょう。

／如果沒辦法在車站那見面的話，我們在會場上會面吧！

○あなたもご入会できれば、何よりも嬉しく存じます。

／如果你也能夠入會的話，就再好不過了。

這一用法很容易與尊敬語的可能表現相混淆，因此是必須注意的。

另外在不能……如何如何時，也可以用～かねる這一接尾語，即用動詞連用形かねる，表

示「不能……」、「不好……」。～かねる雖不是敬語動詞，但此用法，語氣委婉，表達了對對方的尊敬。如：

○忙（いそが）しくてお手伝（てつだ）いしかねます。

／太忙，我幫不了您的忙。

○せっかくですが、私（わたし）にはいたしかねます。

／雖然您那麼說，可是我做不到。

○今（いま）すぐには答（こた）えかねます。

／現在無法立刻回答您。

第三章 丁寧語

丁寧語（ていねいご）是日語的稱呼，也稱作丁重語（ていちょうご），譯為中文時，有人翻成鄭重語、客氣語、恭敬語，很不統一。為了避免讀者的誤解，本書直接稱之為丁寧語，它是對聽話者直接表示敬意、帶有恭敬語氣的客氣說法。它和尊敬語、謙讓語不同，講對方或尊長、上級的事物、行為，或者講自己的事物、行為要用丁寧語。同時，講客觀事物也可以用「丁寧語」。有時說話者為了表示自己有修養，也會使用這種語言。

因此部分日語語言學者則認為它不屬於日語的敬語，但大多數的學者還是把它歸類在敬語裡的。本文根據多數學者的意見，仍把它作為敬語來看待。

第一節 丁寧語的基本用語

です、でございます、ます是丁寧語的三個基本用語，也就是一般句子都是用です、でございます、ます來結句的，表示說話者對對方的尊重，把話講得更恭敬一些。

1 です

是指助動詞，現在形用です，過去形用でした，推量形用でしょう，都相當於中文的是；否定形用～ではありません，相當於中文的不是。作為丁寧語雖可以用です，但更多的時候用でしょう、でした，用です時也多用～でございます來代替它。下面看看它們的用法。

(1)接在體言（名詞、代名詞、數詞）下面，表示某種東西是什麼。相當於中文的「是」。

○なかなか立派な建物ですね。

／真是宏偉的建築啊！

○右手に見えますのは東京タワーです（～でございます）。

／在右手邊看到的是東京鐵塔。

○富士山は日本一高い山でしょう。

／富士山是日本的第一高山吧。

○夏目漱石は東京の人でしょう。

／夏目漱石是東京人吧。

○昨日はいい天気でした。

／昨天是個好天氣。

○京都は明治維新前の首都でした。

／京都是明治維新以前的首都。

○二、三年前はこのあたりはとても静かなところでした。

／兩、三年前，這附近是個非常安靜的地方。

○ご存じの通り、京都は工業都市ではありません。

／正如您所知，京都不是工業城市。

(2)也可以接在用言（形容詞、動詞、形容動詞）下面，形容動詞下面的「です」雖也屬於「丁寧語」的用法，但它是形容詞的一部分，是形容動詞的語尾。在中文裡不必譯出。

○寒(さむ)いですね。
／真冷啊！

○東京(とうきょう)は物価(ぶっか)が高(たか)いでしょう。
／東京的物價很貴吧！

○ずいぶんお忙(いそが)しいでしょう。
／您很忙吧！

○あのとき体(からだ)が強(つよ)いでしたよ。
／那時身體很強壯呢！

○あしたは晴(は)れるでしょう。
／明天會是晴天吧。

○雨(あめ)が降(ふ)るでしょう。

／要下雨了吧。

○なかなか立派ですね。

／真雄偉啊！

○あなたも好きでしょう。

／你也喜歡吧。

○おじいさんは病気の前とても達者でした。

／爺爺在生病以前是很健康的。

關於形容詞でした的說法，如：強いでした，有的學者認為是不被使用的，但有的人則認為會使用，只是不常用。而本書則主張用形容詞かったです，即用強かったです而不用強いでした。如：

○あのとき体が強かったですよ。

／那時身體很強壯呢！

○きのう暑かったですね。

／昨天很熱。

○二、三年前あそこの道は狭かったですよ。

／兩三年前，那裡的道路是很窄的。

(3)接在大部分助動詞**，如「**れる**」（**られる**）、「**せる**」（**させる**）、「**ない**」、「**らしい**」、「**たい**」、「**た**」等**下面**，在中文裡一般也譯不出。如：**

○そんなことをすると、叱られるでしょう。

／做那種事會挨罵的。

○父は私を海水浴に行かせないんです。

／父親不讓我去海水浴場。

○野村先生は今日もいらっしゃらないです。

／野村老師今日也不會來。

○雨がもう止んだらしいです。

／雨好像停了。

○私も海水浴に行きたいです。

／我也想去海水浴場。

○李さんはもう東京から帰ってきたでしょう。

／李先生從東京回來了吧。

(4)接在形式名詞「の」的下面，用來説明原因等。可譯為中文的「因為……」，有時也可以不譯出。

○飛行機で行ったのですから、はやいはずです。

／因為是坐飛機去的，當然很快。

○とても寒かったのですから、風邪を引きました。

／因為實在太冷了，所以感冒了。

有時表示原因的語氣很輕，只是加強語氣。如：

○先日日本へいらっしゃったのでしょう。

／上個月您到日本去了吧。

○大変つらかったのでしょう。

／是很不好受的吧！

○日本語を勉強したいのですが、どうしたらいいでしょう。

／我想學日語，該怎麼學好呢？

～であります與です的意思、基本用法相同，但語氣比です更加鄭重，因此多用在比較鄭重的場合，如用在演講裡、致詞裡，很少用在一般的談話。如：

○これはまさに「神への挑戦」であります。
／這簡直是「向神的挑戰」。
○第一次世界大戦の時において科学がすでに相当発達したのであります。
／在第一次世界大戰時，科學已經相當發達了。
○科学の進歩はそれ自体が人間の幸福を高めるために役立つというのが、私たちの常識でありました。
／科學的進步，對於提高人類福祉的方面上是有助益的，這件事為我們的常識。
○金さえあれば最高に楽しい生活ができるというので、人々はそれを得ることに狂奔し、社会全体の迷惑など、考える余裕もないのでありましょう。
／人們認為只要有錢就能享受最快樂的生活，因此許多人為了獲取金錢而疲於奔命，甚至沒有餘力考慮是否有造成社會全體的困擾。

②～でございます

(1)接在名詞下面，相當於中文的「是」。

與です用法、意思基本相同，只是對聽話者更加恭敬，語氣更加鄭重。

○右手に見えますのは東京タワーでございます。
／在右手邊看到的是東京鐵塔。

○次は五階でございます。お降りの方はいらっしゃいませんか。
／五樓要到了，請問有人要下嗎？

○私が言ったのはその本ではございません。
／我說的不是那本書。

○昨日はいい天気でございました。
／昨天是個好天氣。

(2) 接在形容動詞語幹下面，構成「形容動詞語幹でございます」，這時翻譯成中文時，可不譯出。

○二、三年前、このあたりは非常に静かでございました。
／兩、三年前，這附近很安靜。

○父は亡くなりましたが、母はとても元気でございます。
／家父去世了，但家母很健康。

(3) 接在形容詞下面時，不用「形容詞でございます」，而在形容詞連用形「く」下面直接接「ございます」，然後く音便成為「う」。如：

寒いです→寒くございます→寒うございます

あついです→あつくございます→あつうございます

希望助動詞たい後面接ございます時，也直接在連用形く下面接ございます，然後く音便成為う。如：

行きたいです→行きたくございます→行きたうございます→行きとうございます

読みたいです→読みたくございます→読みたうございます→読みとうございます

（請參看第191頁，本章第四節ござる）

3 ます

是敬語助動詞的一種，接在動詞以及動詞形助動詞，如：れる、られる、せる、させる等下面，表示把話講得鄭重一些，對對方表示恭敬。現在形用ます，過去形用ました，推量形用ましょう，否定形用ません。在中文裡一般不譯出。

○はじめまして、李と申します。

／初次見面，我姓李。

○大変お邪魔しました。

／太打攪您了。

○いつこちらへお出でになりましたか。

／您幾時到這裡來的？

○それではあした参りましょう。

／那麼明天去吧。

○あしたはもっと暖かくなりましょう。

／明天將變得更加暖和。

○それは申すまでもありません。

／那是不言而喻的。

ます下面也可以加～です構成ますです，但以這種形式結句的用法極少，常用ますでしょう、ませんでしょう、ましたでしょう、ませんでした等結句。如：

○先生は間もなくお見えになりますでしょう。

／老師過一會兒就會來的吧。

○暗いから何も見えませんでしょう。

／因為黑，什麼也看不見吧！

○今日于先生は授業がありませんでしょう。

／今天于老師沒有課吧！

○李先生は昨日いらっしゃいませんでした。

／李老師昨天沒有來。

○私はちっとも存じませんでした。

／我一點也不知道。

上述第一個句子裡的お見えになりますでしょう多說成お見えになりましょう、お見えになるでしょう，三者意思相同，只是お見えになりますでしょう使用時候較少。如電臺、電視廣播員一般用後兩者說法，這說明後兩者都可用的，並且使用在天候較多。如：

○あしたは晴れましょう。

／明天是晴天。

○あしたは晴(は)れるでしょう。

／明天是晴天。

○午後(ごご)は俄(にわ)か雨(あめ)がありましょう。

／下午有驟雨。

○午後(ごご)は俄(にわ)か雨(あめ)があるでしょう。

／下午有驟雨。

也就是動詞連用形ましょう與動詞終止形でしょう兩者都可用，意思相同，都是丁寧語表現。

還有上述二、三句子述語裡的見(み)えませんでしょう、ありませんでしょう，分別與見(み)えないでしょう、ないでしょう意思相同，也就是動詞連用形ませんでしょう與動詞否定形ないでしょう意思相同，都是丁寧語表現。如：

○声(こえ)が小(ちい)さいから聞(き)こえませんでしょう。

／聲音小聽不見吧！

○声(こえ)が小(ちい)さいから聞(き)こえないでしょう。

／聲音小聽不見吧！

○遠いから歩いて行けませんでしょう。

／太遠，走不到吧！

○遠いから歩いて行けないでしょう。

／太遠，走不到吧！

而上述四、五句子裡的いらっしゃいませんでした、存じませんでした也可以說成いらっしゃらなかった（ん）です、存じなかった（ん）です，即～ませんでした與～なかった（ん）です相同，都是丁寧語，兩者都可用。如：

○私は駅へ行きませんでした。

／我沒有去車站。

○私は駅へ行かなかった（ん）です。

／我沒有去車站。

○彼は出席しませんでした。

／他沒有參加。

○彼は出席しなかった（ん）です。

／他沒有參加。

一般說，～ませんでしょう與ないでしょう、～ませんでした與なかった（ん）です都是丁寧語表現，兩者都用，只是最近有的學生主張應該用ないでしょう、なかった（ん）です，但意見尚未統一。

ます還可以用まし、ませ（其中ませ用時較多），接在ら行變格動詞，如：いらっしゃる、おっしゃる、くださる、なさる等動詞連用形下面，但這一連用形語尾り要音便成為い，即分別用：

いらっしゃいませ（まし）、おっしゃいませ（まし）、

くださいませ（まし）、なさいませ（まし）

構成命令句，表示請求命令。語氣很客氣、恭敬，但多為女性使用，特別是商店的售貨員使用的時候較多。其中ませ常用，但尊敬的程度沒有まし高。可根據句子的前後關係適當地譯成中文。

○いらっしゃいませ。何(なに)かお探(さが)しですか。

／歡迎光臨，請問在找什麼商品呢？

○また、どうぞ、お越しくださいまし。

／歡迎您再來！

○どうぞ、お上がりなさいませ。

／請上來吧！

也接在少量的尊敬語動詞下面。如：

○さあ、もっと召しあがりませ。

／哎！請您再吃一些！

上述です、でございます、ます三者是丁寧語的基本用語。要把話講規矩一些、恭敬一些，就要用這三個用語來結句。

第二節 丁寧語名詞、代名詞

要把話講得恭敬一些，在使用上述三者的同時，句子裡的一些名詞、動詞等也要用相應的丁寧語。

1 丁寧語名詞

它有下面兩種情況：

(1)構成丁寧語名詞的接頭語和接尾語

①「お」、「ご」本來接在名詞前面，多構成尊敬語名詞使用，如「お名前（なまえ）」（您的大名）、「お店（みせ）」（您的店鋪）、「ご住所（じゅうしょ）」（您的住址），這一些名詞都是指對方或尊長、上級所屬的事物。但也可以接在和對方以及尊長、上級沒有任何關係的事物前面，這時所構

成的名詞，由於和對方沒有關係**，則是**丁寧語名詞**。這樣一些名詞，有的日語語言學者稱之為「**美化語**」。**

お多接在和語名詞前面，ご多接在漢語名詞前面（有少數名詞例外），構成丁寧語名詞。

如：

○お芋（いも）／白薯　○お菓子（かし）／點心

○お休（やす）み／休息　○お墓（はか）／墳墓

○お手洗（てあら）い／廁所　○おトイレ／便所、洗手間

○お茶（ちゃ）／茶　○お醤油（しょうゆ）／醬油

○お料理（りょうり）／飯菜　○お弁当（べんとう）／便當

○おビール／啤酒　○おソース／醬汁

○ご老人（ろうじん）／老人　○ご本（ほん）／書、圖書

○ご印（いん）／印鑑

這樣名詞都是指一般的事物，不一定是屬於對方或尊長、上級的。不用お、ご也可以使用，但在前面加お或ご，則顯得更加鄭重，給人一種好的印象。如：

○お砂糖（さとう）を入（い）れましょうか。

／放點糖吧！

○お菓子（かし）を買（か）ってきました。

／我買來了點心。

○お茶（ちゃ）をどうぞ。

／請喝茶！

○お手洗（てあら）いはどちらでございますか。

／廁所在哪裡？

○いらっしゃったのは二人（ふたり）のご老人（ろうじん）です。

／來的是兩位老人家。

上述句子裡用お或ご的名詞，即使省略了お或ご，句子也通順。

另外，有些名詞也在前面使用お或ご，但這時的お或ご已經成為了這些名詞的一部分，不能省略。如不用お或ご，則不再成為這一名詞了，或意思有了變化。因此這些詞則不是丁寧語名詞。如：

おかず／菜　　お膳（ぜん）／飯盤

おしろい／白粉

おでこ／額頭

おてんば／粗魯女子

お握（にぎ）り／飯糰

おはこ／拿手好戲

おふくろ／媽媽

おもちゃ／玩具

ご飯（はん）／飯

おでき／腫疱、瘡

おでん／關東煮

お腹（なか）／肚子

お冷（ひや）／冷水、冷飯

お昼（ひる）／午飯

おべっか／奉承話

おやつ／午後點心

ご馳走（ちそう）／盛筵、酒席

如：

〇おかずが足（た）りないでしょう。

／菜不夠吧！

〇この辺（へん）におできができました。

／在這兒生了一個瘡。

○あいつはおべっかが好（す）きです。

／他喜歡人奉承。

上述句子裡的おかず、おでき、おべっか等，不能說成かず、でき、べっか，這一類單詞不屬於丁寧語。

現在日本有些女性，錯誤的認為用お或ご講話，可以表示自己有教養，因而不應該用お、ご的名詞，也濫用お、ご，這是不合適的、不太好的現象。如使用おキャベツ（高麗菜）、おたまねぎ（洋蔥）、お電車（でんしゃ）（電車）、おいわし（沙丁魚）、おハンカチ（手帕）等；有些外國人學習日語也盲目地講お雨（あめ）（雨）、お雪（ゆき）（雪），然而，上述這些都是不該用お的。

②接尾語「さん」、「さま」構成的丁寧語

1 ～さん　接在名詞下面既可以構成尊敬語名詞，如：社長（しゃちょう）さん、課長（かちょう）さん、おじさん，也可以接在名詞下，構成丁寧語名詞。有些日語語言學者稱這些名詞為美化語，也可以說是丁寧語的一種。如：

○魚屋（さかなや）さん／賣魚的店家（老闆）　○八百屋（やおや）さん／賣菜的店家（老闆）

○時計屋（とけいや）さん／賣錶的店家（老闆）　○自転車屋（じてんしゃや）さん／賣腳踏車的店家（老闆）

○靴屋さん／賣鞋的店家（老闆）　　○服屋さん／服裝店（服裝店老闆）

○床屋さん／理髮的店家（老闆）

上述一些名詞，不用さん也是可以使用的。但用さん以後，講的話則顯得不粗俗。

如：

○魚屋さん、あしたも来てちょうだい。

／賣魚的老闆！明天也請您來一趟。

○時計屋さんに頼んで修理してください。

／拿去給錶店修理吧！

2 ～さま　它和尊敬語さま不同：尊敬語さま與さん一樣，可以接在令人尊敬的人物名詞下面，如お客さん、お客さま、市長さん、市長さま等，但作為丁寧語來用時，只能用皆さん、皆さま、どちらさん、どちらさま等，不好用魚屋さま、靴屋さま。但它可以接在一些特定的名詞下面，作為寒暄語來用。

○ご苦労さま／辛苦了　　○ご馳走さま／多謝款待

○お邪魔さま／打擾了　　○お疲れさま／勞累了

○お待ちどおさま／久等了

這樣一些單詞一般作為寒暄語來用。如：

○ご苦労さまでした。ありがとう。

／辛苦了，謝謝。

○ご馳走さまでした。なかなか結構な料理でした。

／謝謝您的款待，飯菜太好吃了。

○お邪魔さまでした。どうもすみませんでした。

／打攪您了，很對不起。

(2)特定表示恭敬的丁寧語名詞

日語裡在說同一個東西時，有時用通俗的、一般的說法來稱呼，有時則用比較鄭重的說法來講。如腹、飯就是通俗的一般的說法，而相同意思的お腹、ご飯則是鄭重的說法，即我們在這裡提的丁寧語名詞，但它們沒有規律可循，只要注意一下就可以了。在這裡就不再舉例說明。

下面僅對時間名詞的一般說法和鄭重說法做比較，這些時間名詞還可以做時間副詞用。

時間名詞對照表

一般時間名詞	丁寧語時間名詞	中文譯句
今日（きょう）	本日（ほんじつ）	今天
昨日（きのう）	昨日（さくじつ）	昨天
おととい	一昨日（いっさくじつ）	前天
あした	明日（みょうにち）	明天
あさって	明後日（みょうごにち）	後天
今朝（けさ）	今朝（こんちょう）	今天早上
あしたの朝（あさ）	明朝（みょうちょう）	明天早上
昨夜（ゆうべ）	昨夜（さくや）	昨天夜間
今年（ことし）	本年（ほんねん）	今年

去年（きょねん）	おととし	来年（らいねん）	再来年（さらいねん）
昨年（さくねん）	一昨年（いっさくねん）	明年（みょうねん）	明後年（みょうごねん）
去年	前年	明年	後年

從上面的表中，我們可以知道：和語的說法多是一般通俗的說法；而漢語的說法多是比較鄭重的說法，即丁寧語名詞。當然，也有例外。如：去年（きょねん）、来年（らいねん）都是漢語說法，但仍是一般的單詞，不是丁寧語單詞。

如：

○本日（ほんじつ）ご多用（たよう）のところ、ご来臨（らいりん）くださいまして誠（まこと）に感謝（かんしゃ）に堪（た）えません。

／今日蒙您撥冗光臨，不勝感激之至。

○明日（みょうにち）はお休（やす）みですから、明後日（みょうごにち）に学校（がっこう）でお会（あ）いしましょう。

／明天是假日，後天在學校再見。

○田中先生は昨夜東京を立たれました。

／昨晚田中老師從東京出發了。

○昨年はいろいろお世話になり、ありがとうございました。

／去年蒙您多方關照了。

上述句子裡的本日、明日、明後日、昨夜、昨年分別用今日、あした、あさって、昨夜、去年句子也通順，但由於這幾個句子的述語都用了尊敬語或謙讓語，因此如果用今日、あした、あさって替換的話，全句則會不夠協調，勢必要使用丁寧語名詞。

2 做丁寧語用的代名詞

代名詞也和名詞一樣，有些代名詞是通俗的一般的說法，有些代名詞則是比較鄭重的恭敬的說法。下面一些代名詞就是比較鄭重的說法，即所謂丁寧語，它們除了做丁寧語用外，還可以做尊敬語用。

代名詞對照表

場所人稱代名詞		
一般代名詞	丁寧語代名詞	中文譯句
ここ、こっち	こちら	這裡、這位
そこ、そっち	そちら	那裡、那位
あそこ、あっち	あちら	那裡、那位
どこ、どっち	どちら	哪裡、哪位
この人(ひと)	この方(かた)、こちらの方(かた)、こちら様(さま)	這位
その人(ひと)	その方(かた)、そちらの方(かた)、そちら様(さま)	那位
あの人(ひと)	あの方(かた)、あちらの方(かた)、あちら様(さま)	那位
どの人(ひと)	どの方(かた)、どちらの方(かた)、どちら様(さま)	哪一位
誰(だれ)	どなた（様(さま)）、どちら（様(さま)）	哪一位

表中こちら、そちら、あちら、どちら既表示某一方向、場所，也表示某一人。

如：

○「お宅はどちらですか。」「うちは東中野駅の前にあります。」

／「您的府上在哪兒？」「我家在東中野車站前面。」

○「どなたにお話し申しあげたらよろしいでしょうか。」「あのドアの傍の人にお話しください。」

／「向哪一位講好？」「請向門邊那個人講！」

○「失礼ですが、どちらさまでいらっしゃいますか。」「私は東京の松下会社の中村でございます。」

／「不好意思！您是哪位？」「我是東京松下公司的中村。」

○「あちらはどなたでいらっしゃいますか。」「あちらは田中という方です。」

／「那一位是誰？」「他是田中先生。」

上述句子中的代名詞，如：どちら、どなた、どちらさま、あちら、どなた等，都是丁寧語代名詞，它們分別和どこ、誰、誰、あの人、誰意思相同，但用這些一般的代名詞會使整個句子不協調。例如第一個句子主語用了お宅，而述語如果用どこ，主語和述語則不夠協調。再如第二個句子，述語部分用了お話し申しあげたらよろしいでしょうか這樣的謙讓語，而主語如果用誰也是不協調的。後面的句子亦是如此。

第三節 丁寧語形容詞、形容動詞、副詞

丁寧語形容詞、形容動詞、副詞也和前面的名詞一樣，有和接頭語お、ご所構成的形容詞、形容動詞，也有特定表示恭敬、鄭重的獨立形容詞、形容動詞或副詞。

1 丁寧語形容詞、形容動詞

(1) 由接頭語「お」、「ご」構成的形容詞、形容動詞

在和語形容詞前面多接お，漢語形容詞、形容動詞前面多接ご，這時則成了丁寧語，用這種丁寧語講話顯得鄭重，也對對方尊敬。如：

○お暑(あつ)い／熱　　○お寒(さむ)い／冷

○お高(たか)い／高　　○お安(やす)い／便宜

○おやかましい／吵鬧

○お静(しず)か／安靜

○ご閑静(かんせい)／肅靜、安靜

○ご快活(かいかつ)／快活、活潑

(2) 特定的獨立丁寧語形容詞、形容動詞

這類形容詞、形容動詞很少。常用的有下面兩三個。

形容詞對照表

一般形容詞、形容動詞	丁寧語形容詞、形容動詞	中文譯句
うまい	おいしい	好吃
いい（よい）	よろしい 結構(けっこう)	好 可以、行

如：

○お寒(さむ)うございますね。

／真冷啊！

○お静(しず)かなところですね。

／真是安靜的地方啊！

○お広いお部屋でとても明るいです。

／是一間很寬敞的房間，很亮。

○お粗末な品ですが、何卒お納めください。

／一點菲薄的東西，請您收下！

○こんなおいしい料理を食べたことがございません。

／從來沒吃過這麼好吃的料理。

○こちらでたばこを吸ってもよろしゅうございますか。

／在這兒可以吸菸嗎？

○あの人に会ったらよろしくお伝えください。

／見到他請向他問候。

○結構なお菓子をありがとうございました。

／收到這麼高級的點心，謝謝您了。

在這裡順便說明一下，結構這個單詞，除了表示好以外，還可以用來表示可以。但作為可以來用時，只能用來講自己可以，而不能用來講對方可以。所以在問話中不使用結構的，這時一般用いかがですか或よろしいですか，而答話可以用結構です（可以）。這種用法是很重要的，千萬不能用錯。如：

○「コーヒーを入れましょうか。」「お茶で結構です。」

／「我給您倒杯咖啡吧！」「茶就可以了。」

○「コーヒーをもう一杯いかがですか。」「もう結構です。」

／「再來杯咖啡，如何？」「已經夠了，不用了。」

○「味はいかがですか。」「結構です。とてもおいしいです。」

／「味道如何？」「可以，很好吃。」

上述句子的單詞お寒い、お静か、お広い、お粗末、おいしい、よろしい、よろしく、結構等，都是丁寧語形容詞、形容動詞，在講話裡使用這些單詞會顯得鄭重、不粗俗，也對聽話者尊敬。

② 丁寧語副詞

要在由丁寧語構成的句子中使用副詞時，在時間副詞的方面會較要求使用丁寧語副詞。下面將一般的時間副詞與丁寧語時間副詞做一比較：

時間副詞對照表

一般副詞	丁寧語副詞	中文譯句
いま	ただいま	現在
今度(こんど)	この度(たび)	這次
すぐ	さっそく	立刻
さっき	さきほど	方才
あとで	後程(のちほど)	以後
この間(あいだ)	先日(せんじつ)	前些天
何時(いつ)か	いずれ	早晚、某日

常用的其他副詞對照表

一般副詞	丁寧語副詞	中文譯句
ちょっと	少々（しょうしょう）	多少、稍稍
少（すこ）し	少々（しょうしょう）	多少、稍稍
どうぞ、どうか	何卒（なにとぞ）	請
どう	いかが	如何
いくら	いかほど	多少
（三十分（さんじゅっぷん））ぐらい	（三十分（さんじゅっぷん））ほど	左右

如：

○この度（たび）はいろいろとお世話（せわ）になりました。

／這次讓您關照了。

○さきほど大村（おおむら）さんがいらっしゃいました。

／剛才大村先生來了。

○では、また後程お目にかかりましょう。
／那麼之後我再看您吧！
○田中先生はただいまお出でになりますから、少々お待ちください。
／田中老師現在就來，請稍候！
○何卒お体をお大切に。
／請保重身體！
○いずれまたお伺いします。
／我擇日再拜訪。
○詳しいことはいずれお目にかかって申し上げます。
／詳細情況，改天見到您時，我再和您談。
○ご気分はいかがですか。
／您覺得舒服嗎？
○お一人でお出掛けになるのはいかがかと思います。
／您一個人出去，我總覺得不放心！
○いかほど入り用でございますか。
／費用需要多少？

○十分(じゅっぷん)ほど待(ま)ちますと、首相(しゅしょう)が二階(にかい)からおりて来(こ)られました。

／等了十分鐘左右，首相從二樓走了下來。

上述句子裡的この度(たび)、さきほど、後程(のちほど)、ただいま、少々(しょうしょう)、何卒(なにとぞ)、いずれ、いずれ、いかが、いかが、いかほど、ほど，分別換用今度(こんど)、さっき、あとで、今(いま)、少(すこ)し（ちょっと）、どうぞ、いつか、いつか、どう、どう、いくら、ぐらい句子也是通的，但與句子的前後關係不夠協調，因此才用這些丁寧語副詞。

第四節　丁寧語動詞

和上述丁寧語名詞、形容詞、副詞一樣，也有些動詞做丁寧語來用，表示對對方的恭敬。

這些動詞常用的有以下幾個：

常用丁寧語動詞表

一般動詞	丁寧語動詞	中文譯句
ある	ござる	有、在
いる	おる	有、在
する	いたす	做
行く（い）	まいる	去

来る	まいる	來
言う	申す	說
死ぬ	亡くなる	死

上述一些動詞還可以做謙讓語來用（參看第105頁，第二章第二節）

如：

① ござる

是ある的丁寧語，比ある更加鄭重、尊敬對方。主要有以下幾種用法：

(1) 做獨立動詞來用

相當於中文的「有」、「在」。

○電話はこちらにございます。

／電話在這邊。

○何か御用がございましたら、そのベルをお押しください。
／有事情的話，請按那個電鈴。
○お怪我はございませんでしたか。
／沒有受傷吧！
○長いこと、お邪魔いたしました。申しわけございません。
／打攪您半天，很對不起。
○時間がございませんので、簡単にお話しいたします。
／因為沒有時間，我簡單地講一講。

(2)做補助動詞用

①接在指定助動詞「です」的連用形「で」**下面，用**「～でございます」**，與**「です」、「である」**的意思、用法基本相同。之前也曾做說明（請參看第153頁，本章第一節）。**

○右手に見えますのは東大の赤門でございます。
／在右手邊看到的是東大的紅門。
○本州は日本の一番大きい島でございます。
／本州是日本最大的島嶼。

②接在形容動詞語幹下面**，與形容動詞語尾「**です**」的作用相同，比「**です**」的語氣更加鄭重、更加尊敬對方。**

○京都はなかなか静かでございます。

／京都非常寧靜。

○景色もいいし、交通もなかなか便利でございます。

／風景優美，交通也很便利。

但須注意的是：主語是尊長、上級或來的客人，述語部分無論是名詞です，還是形容動詞です，都不能用～でございます來代替です、である，這時則要用尊敬語～でいらっしゃる。

○失礼ですが、東京大学の野村教授でいらっしゃいますか。（×でございます）

／很對不起！您是東京大學的野村教授嗎？

○おじいさんはなかなかお達者でいらっしゃいますね。（×でございます）

／老爺爺很健康啊！

③接在形容詞、希望助動詞連用形下面**，這時連用形語尾「**く**」、「**しく**」音便分別為「**う**」、「**しう**」，其中「**しう**」讀做「**しゅう**」，然後再在下面接「**ございます**」表示鄭重且尊敬對方。如：**

高いです↓高くございます↓高うございます

寒いです↓寒くございます↓寒うございます

美しいです↓美しくございます↓美しゅうございます

行きたいです↓行きたくございます↓行きたうございます↓行きとうございます

○お早うございます。

／早安！

○今日は朝からお暑うございますね。

／今天從早上就很熱啊！

○いつでもよろしゅうございます。

／什麼時候都可以。

○ありがとうございました。

／謝謝您了。

○私も日本へ留学にまいりとうございます。

／我也想到日本去留學。

但用否定形～ございません時，仍然接在形容詞、希望助動詞連用形く下面，不需音便。

如：

高くない↓高くありません↓高くございません

寒くない↓寒くありません↓寒くございません

行きたくない↓行きたくありません↓行きたくございません

○学校は遠くございません。

／學校不遠。

○いい品でございますが、それほど高くございません。

／這是好東西，但不算貴。

○そんな寒いところへは行きたくございません。

／那麼冷的地方，我不想去。

② おる

除了做謙讓語使用外，還可以做いる的丁寧語來用。它有下面兩種用法：

(1)作為獨立動詞來用

與いる的意思、用法相同，只是語氣更加鄭重，對聽話者表示尊敬。相當於中文的「有」、「在」。如：

○宿舍(しゅくしゃ)には誰(だれ)もおりません。

／沒人在宿舍。

○池(いけ)の中(なか)には金魚(きんぎょ)がおります。

／池塘裡有金魚啊！

○上野動物園(うえのどうぶつえん)には珍(めずら)しい動物(どうぶつ)が沢山(たくさん)おります。

／上野動物園有許多珍奇的動物。

(2)作為補助動詞來用

接在て下面，構成～ておる，與～ている的意思相同，只是語氣更加鄭重，更加恭敬聽話者。相當於中文的「正在」、「在」。如：

○金魚(きんぎょ)は池(いけ)の中(なか)で泳(およ)いでおります。

／金魚在水池裡游著。

○ひばりは空を飛びながら鳴いております。

／雲雀在天空中一邊飛舞一邊鳴叫。

○鹿は公園の中を自由に行ったり来たりしております。

／鹿在公園裡自由地走來走去。

③いたす

除了做謙讓語動詞使用外，還可以做する的丁寧語，語氣鄭重，對聽話者比較尊敬。要根據句子的前後關係，以及在句子裡的作用，譯成中文。

○国会は昨日で終了いたしました。

／國會昨天結束了。

○その問題はもう解決いたしました。

／那個問題已經解決了。

上述句子裡的いたす分別代替終了する、解決する的する，是サ變動詞的一部分。

○そういたしますと、一ヶ月ぐらいかかりますね。

／這樣的話，需要一個月的時間！

○二、三日いたしますと、病気が治りました。

／過兩三天病就好了。

上述句子裡的いたす分別代替そうすると和二、三日すると的する，表示「進行」或「經過」。

④まいる

(1)做獨立動詞用

與来る、行く的意思相同，只是語氣鄭重，對聽話者表示尊敬。相當於中文的「來」、「去」。如：

○お待たせいたしました。お車がまいりました。

／讓您久等了。車子來了。

○李さん、日本の友人からのお手紙がまいりました。

／李先生！日本朋友來信了！

(2)做補助動詞用

接在接續助詞て下面，構成~てまいる，與~てくる、~ていく的意思、用法相同。相當於中文的「……起來」、「……下去」。如：

○日一日と暖かくなってまいりました。
／天氣一天比一天暖和。

○北へ行くにつれて寒くなってまいります。
／愈往北走，天氣愈冷。

○汽車はだんだん込んでまいりましたから、窓を少しおあけください。
／火車裡人漸漸多了，請把窗子稍稍打開一點！

○雨が降ってまいりましたから、はやく帰りましょう。
／下起雨來了，快回去吧！

○風船はだんだん大きくなってまいりました。
／氣球漸漸大了起來。

5 申す

除了做謙讓語使用外，還可以做言う的丁寧語來用。它有下面兩種用法：

(1) 做獨立動詞用

與言う的意思相同，相當於中文的「說、叫」等，或根據句子的前後關係，適當地譯成中文。如：

○その寺は清水寺と申します。

／那個寺院叫清水寺。

○日光には陽明門と申します名高いご門がございます。

／在日光有一個有名的門，叫陽明門。

○これは申すまでもないことです。

／這是不言而喻的。

○私は近いところはなるべく乗り物に乗らずに歩くことにしております。と申しますのは、この頃運動不足で、どうも体の調子がよくございません。

／我到附近去盡量不坐車而是走路去，之所以這樣做，是因為我運動不足，身體有些不好的緣故。

(2)做補助動詞用

一般用お～申す、ご～申す作為謙讓語使用，與お～する、ご～する、お～いたす、ご～いたす的意思、用法相同。由於它屬於謙讓語，因此不再重複。（參看第142頁，第二章第三節お～申す）

6 亡くなる

是死ぬ的丁寧語，相當於中文的「死」、「死去」。

○父は私が八歳のときに亡くなりました。

／父親在我八歲的時候去世了。

○祖父はこの前の大戦で亡くなりました。

／爺爺在上次的大戰中去世了。

○最近癌で亡くなる人が大変増えております。

／最近因癌症而去世的人大大增加了。

○心臓病で亡くなる人も少なくございません。

／因心臟病而去世的人也不少。

從上述三章的說明中可以知道，有的動詞的說法既有尊敬語、謙讓語、丁寧語；而有的動詞只有其中一或二；另外有的動詞既可以當謙讓語來用，也可以當丁寧語來用。總之比較複雜，因此將上述三章已做說明的敬語動詞（尊敬語、謙讓語、丁寧語）列表於下，供讀者對照掌握。

敬語動詞對照表

一般動詞	尊敬語	謙讓語	丁寧語	中文譯句
いる	いらっしゃる お出でになる	おる	おる	有、在
ある	／	／	ござる	有、在
行く	いらっしゃる お出でになる	まいる あがる	まいる	去
来る	いらっしゃる お出でになる 見える お越しになる	まいる あがる	まいる	來

する	なさる あそばす	いたす	いたす	做
言(い)う 話(はな)す	おっしゃる	申(もう)す 申(もう)し上(あ)げる	申(もう)す	說、講、叫
食(た)べる 飲(の)む	あがる 召(め)し上(あ)がる	いただく 頂戴(ちょうだい)する	／	吃、喝
着(き)る	召(め)す	／	／	穿
くれる	くださる	／	／	給（我）
見(み)る	ご覧(らん)になる	拝見(はいけん)する	／	看
見(み)せる	／	お目(め)に掛(か)ける ご覧(らん)に入(い)れる	／	給（你）看
聞(き)く	／	伺(うかが)う 承(うけたまわ)る	／	聽

知(し)る	ご存(ぞん)じです	存(ぞん)じる 存(ぞん)じあげる	／	知道
思(おも)う	／	存(ぞん)じる 存(ぞん)じあげる	／	想
会(あ)う	／	お目(め)にかかる	／	見（你）
訪(たず)ねる 訪問(ほうもん)する	／	伺(うかが)う 上(あ)がる	／	拜訪
やる	／	差(さ)しあげる 進呈(しんてい)する	／	給（你）
もらう	／	いただく 頂戴(ちょうだい)する	／	要、領

わかる	／	承知する かしこまる	／	知道、曉得
死ぬ	亡くなられる	／	亡くなる	過世、去世

謙讓語動詞與丁寧語動詞的區別：

從上面對照表中可以看到：有些動詞既是謙讓語動詞，也是丁寧語動詞。如：おる、まいる、いたす、申す等動詞，就是這樣的動詞。那什麼情況下是謙讓語動詞、什麼情況下是丁寧語動詞呢？兩者有什麼區別呢？簡單地說，謙讓語動詞表示的是自己和自己這方面的人的動作、行為，如此一來它的主語也多是自己或自己這方面的人；而丁寧語動詞則表示和自己無關，同時和對方、上級、長輩無關的一般人的動作、行為，或者表示客觀事物的存在、或動作的。因此它的主語則是和自己以及對方、上級、長輩等人無關的一般人，或是客觀事物。如：

○「主人はおりませんが、どなた様でしょう。」（謙讓語）

／「我丈夫不在家，您是哪一位？」

○登山者が多く、老人もおりますし、子供もおります。（丁寧語）

／爬山的人很多，既有老人也有小孩。

○その動物園(どうぶつえん)には珍(めずら)しいパンダがおります。（丁寧語）

／那個動物園有珍奇的熊貓。

第一個句子中的おりません是講自己丈夫不在，因此是謙讓語動詞；而第二個おります是講登山的人中有老人也有兒童，這些人和自己、和對方、長輩都無關，因此おる是丁寧語動詞。而第三個句子講有熊貓，是講客觀事物，因此おる也是丁寧語動詞。

再如：

○お荷物(にもつ)を運(はこ)んでまいりました。（謙讓語）

／我已經將行李搬來了。

○デモ隊(たい)は国会議事堂(こっかいぎじどう)のほうに進(すす)んでまいりました。（丁寧語）

／示威群眾向國會議事堂方向走去了。

○だんだん寒(さむ)くなってまいりました。（丁寧語）

／漸漸冷起來了。

上述第一個句子的まいる的主語是我，因此它是謙讓語動詞；第二個句子的主語是示威隊

伍，它們和講話者自己、對方、長輩都沒有關係，因此這個句子裡的まいる則是丁寧語動詞；至於第三個句子是講氣候，因此まいる肯定是丁寧語了。

再如：

○あとで電話でご連絡いたします。（謙讓語）

／隨後用電話和您聯繫。

○二、三十人もの人がそのパーティに参加いたしました。（丁寧語）

／有二、三十個人參加了那個派對。

○一九四五年戦争が終了いたしまして、祖父はソロモン諸島から帰ってきました。

（丁寧語）

／一九四五年戰爭結束了，爺爺從索羅門群島回到日本來了。

上述第一個句子裡的いたす是謙讓語慣用型ご～いたす的一部分，當然它是謙讓語了；第二個句子裡的主語是二、三十人もの人，是一般的人，和自己沒有關係，因此いたす是代替する的丁寧語；而第三個句子是講戦争が終了いたしまして，主語是戰爭，是客觀情況，因此いたす是丁寧語。

第四章 敬語的運用

上面幾章說明了敬語的表現形式，也簡單地提到在什麼情況下該使用敬語，像是提到對方或上級、尊長的事物、動作、行為時，要用尊敬語；提到自己或自己這方面的人的事物、動作、行為時，要使用謙讓語。但敬語的使用情況非常複雜，還有必要更仔細地研究。在這一章裡，將按照不同場合做些說明，以便更深入一步探討敬語的使用情況。

第一節 使用敬語的場合

究竟在什麼情況下要使用敬語呢？概括起來有以下幾種狀況：

(1)對上級、尊長多使用敬語，但還有下面幾種不同情況：

①直接和上級、長輩談話時，一律要用丁寧語。在講到對方的事物、動作、行為時，要用尊敬語。講到自己或自己這方面人的事物、動作、行為時，要用謙讓語。如：

○おじさんはいつお立（た）ちになりますか。

／叔叔什麼時候出發？

○いかにも部長（ぶちょう）さんのおっしゃった通（とお）りだと存（ぞん）じます。

／我認為的確像部長所說的那樣。

上述兩個句子都是對長輩、上級講的話，所以都用了丁寧語。而第一個句子和叔叔談話，

對叔叔的出發則用了尊敬語お立ちになる。後一句是一般職員和部長講話，講到部長的說則用了尊敬語おっしゃる，而講到自己認為則用謙讓語存じる。

②聽話者**是**自己這方面的人，**並不是上級、長輩，但如果在**對話中**提到**上級、長輩**時，這時一般仍多用**敬語**（尊敬語）。如：**

○お父さんはお出掛けになったのですか。

／岳父外出了嗎？

○社長さんがもうご出張からお帰りになったそうです。

／聽說社長出差已經回來了。

前一句是家族之間的談話，丈夫問妻子：岳父外出了嗎？一般說丈夫和妻子講話是不用敬語的，但這句話是問長輩（岳父），因此用了尊敬語お出掛けになる；第二句是公司職員之間的談話，講社長已經回來了。因為講到的上級（社長），是談話雙方的上級，因此用了尊敬語社長さん、お帰りになった。

③聽話者**不是自己這方面的人，即所謂**外人**。這時在**對話裡**提到的，**儘管是自己的上級、長輩**，講到他們的**事物、動作、行為**也不應該使用尊敬語，相反的要用**謙讓語**。如：**

○父は先生にお目にかかりたいと申しました。

／我的父親說想見一見老師。

○うちの課長は北九州へまいりました。

／我們的課長到北九州去了。

第一句是學生向老師講自己的父親想見一見老師。這種情況下，父親雖是自己的長輩，但對屬於外人的老師，父親的動作是不適合用尊敬語，而要用謙讓語，如用父、お目にかかりたい、申した等。第二句是甲公司的職員向乙公司的工作人員講自己公司的課長到北九州去了。課長雖是自己的上級，但為了尊敬對方，也不用尊敬語，而要用謙讓語まいる。

(2)對客人、陌生人多用敬語——如商店的售貨員、旅館的服務人員，以及導遊人員對顧客、旅客、遊客等。不論這些客人年齡大小、身分如何，都要用敬語，即對客人的事物、行動用尊敬語，而對自己用謙讓語。如：

○奥さん、こちらをお試しになってください。

／太太！請試試這個！

○ご用がございましたら、このベルをお押しください。

／有事情的話，請按這個電鈴。

○後の方、お急ぎになってください。

／後面的人，請走快一點！

○忘れ物なさらないように、お願いいたします。

／請不要忘了隨身物品！

上面句子第一句是商店的售貨員對顧客講的話，因而用尊敬語お試しになってください；第二句是旅館服務員向住宿的旅客講的話，因而用了丁寧語ご用、ござる，同時也用了尊敬語お押しください。第三句是導遊人員向遊客講的話，用尊敬語お急ぎになってください。第四句火車乘務員向乘客講的話，用尊敬語忘れ物なさらないように。

另外，公司的職員對來訪的客人，不論客人的年齡大小、身分高低，也都要使用敬語，也就是對客人的動作、行為要用尊敬語，而對公司裡的人的行為要用謙讓語。如：

○申しわけございませんが、部長はただいま席をはずしております。

／很對不起！部長現在不在。

○こちらで少々お待ちになってください。社長がすぐまいりますから。

／請在這裡稍等一下，社長很快就來！

這兩句是某一公司職員向來訪的客人講的話。第一句講部長不在，由於客人是外來的人，部長是自己這方面的人，因此用謙讓語席をはずしております和丁寧語申しわけございません。第二句則是請客人稍等一下，因而用尊敬語お待ちになってください，而講到社長時則用謙讓語まいります。

雖不是售貨員、服務員、公司職員，但我們如果擔任接待人員、接待日本朋友時，一般也要用敬語。如：

○ようこそ、いらっしゃいました。三四時間の飛行機でずいぶんお疲れになったでしょう。

／歡迎大家的到來！坐了三、四個小時的飛機很累了吧！

○はじめまして、よろしくお願いします。私は李と申します。××貿易会社の外事係でございます。

／我姓李，是××貿易公司的外事股長。

上面兩句是我國外事工作人員接待日本客人時講的話。第一句是在機場上歡迎日本客人講的，這句話講客人的行為動作，都用尊敬語いらっしゃいました、お疲れになったでしょう；

第二句是自我介紹，對自己的動作都使用謙讓語，如：お願いします、申します以及丁寧語でございます。

(3)有求於人或表示道歉、感謝時，多使用敬語——在有求於人時，除了關係比較親密的人以外，不論對方年齡大小，也不論男女老幼，一般要使用敬語。如：

○ちょっとお尋ねいたします。この近所には郵便局がございませんか。

／請問一下！這附近有郵局嗎？

○すみませんが、ちょっとお願いしたいことがあるのですが。

／對不起，我有點事想拜託您。

○どうぞよいお知恵をお貸しくださるようお願い申し上げます。

／請您幫我出個好主意。

上述三個句子都是有求於人、請求別人幫助的。如：第一個句子是問路，即使被問的人是一個年齡不大的人，但如果講ちょっと、この近所には郵便局があるかね（那個，這附近有郵局嗎？）是很不禮貌的行為。因此用謙讓語お尋ねいたします和丁寧語ございませんか。第

二、三句都是求人幫忙的，因此使用尊敬語お知恵、お貸しくださる，也用了謙讓語お願いしたいこと、お願い申し上げます。

在向對方道歉時，也要用敬語，即分別用尊敬語或謙讓語。如：

◯昨日はわざわざお越しいただきましてあいにく不在にして失礼いたしました。

／昨天您特地來了一趟，不巧我不在，真是對不起。

◯大変勝手で申しわけありませんが、用事がありますので、帰らせていただきます。

／給您造成不便實在抱歉，因為我有點事情，所以我這就先回去了。

上述兩個句子都是表示道歉的，因此聽話者，即使是同級、同年齡的人，一般也要用敬語來講。如第一句お越しいただきまして則是謙讓語，其中的越す則是尊敬語，自己道歉則用謙讓語失礼いたしました。第二個句子講請讓我回去，則用了謙讓語帰らせていただきます。

至於向對方道謝時，一般也要用丁寧語。如果是一個較長句子，則分別要用尊敬語、謙讓語。如：

◯この度結構な品をお贈りいただきましてまことにありがとうございました。

／這次蒙您餽贈佳品，真謝謝您了。

○この席をお借りして、日頃にお世話になっておりますかたがたに、心からお礼申し上げます。

／藉此機會向平時承蒙關照的各位，致以衷心的感謝。

前一句是向餽贈禮品的人表示感謝，這樣對餽贈這一動作用了お贈りいただきまして，表示我接受了您的贈送。第二句是向關心、幫助自己的人們表示感謝，這樣對關心、幫助自己的人的動作，則用了尊敬語お世話になって，而自己的動作則用了謙讓語お借りして、お礼申し上げます。

(4) 鄭重的場合多使用敬語——所謂鄭重的場合是有多種情況的，如：記者招待會、歡迎會、告別會等，都是鄭重的場合；在商業往來方面，進行外貿談判等也是。在這種場合，無論談到對方還是講自己，都是要用敬語的。

○ただいま総理大臣の記者会見を行います。始めは総理より簡単なご発言をいただきまして、引き続き質疑応答に移させていただきます。

／現在舉行記者招待會，首先請總理做簡單的發言，接著進行發問解答。

○ここに私は本社職員を代表いたしまして深く感謝の意を表する次第でございます。

／在這裡，我代表敝公司職員，表示深深的感謝。

前一句是記者招待會，主持人的發言，在發言中為了尊敬總理大臣，使用了ご発言をいただきまして、質疑応答に移させていただきます這樣的謙讓語。後一句是一位職員代表公司所做的發言，在這一發言裡用代表いたしまして、～次第でございます等丁寧語。

下面看看在商業往來中的一些例子，都是在比較鄭重的場合上講的話，因此能用敬語的話，用敬語比較好。如：

○大体のことは岩村先生からお聞きしました。しかし具体的な商談になりますと、やはり思うようには捗りません、ちょうど皆さんが来られましたから、この機会にいろいろ意見を交わしたいと思っております。

／大致情況岩村老師已經介紹過了，但具體談起來，還有些問題。這次你們幾位來了，我想正好利用這個機會好好交換一下意見。

○滞在中皆さまには本当にご親切にしていただいてありがとうございました。特に商談中に貴社からの特別なご配慮により輸出商品を円滑に出すことができ、お礼を申しあげなければなりません。今後ともいろいろよろしくお願いいたします。

／這段期間，得到你們親切的關懷，在此表示衷心感謝。特別是商談過程中，由於貴公司的特殊照顧，我們商品的外銷得以順利進行，真的非常感謝，今後還請多多關照！

前一個句子是我國外貿人員對日本商人的談話，在講到自己的行為時用謙讓語，如：お聞きしました、思っております，對對方的行為則用尊敬語来られました表示對對方的尊敬。後一個句子是日本商人致謝時的發言，在發言中使用了較多的敬語，如ご親切、貴社、ご配慮都是尊敬語，而していただいて、お礼を申しあげなければなりません、よろしくお願いいたします則是謙讓語，表示對對方的尊敬。

以上只是使用敬語的主要場合，當然使用敬語不限於這些場合。下面再看看其它具體使用敬語的情況。

第二節 寒暄用語

寒暄用語日語稱之為「挨拶用語（あいさつようご）」，即在日常生活中相互問候、應酬的語言，這些用語多使用敬語的，當然有的是丁寧語，有的是尊敬語、謙讓語。使用寒暄用語必須合乎日語的習慣，不能生硬翻譯成中文來用。下面介紹些常用的寒暄用語。

1 每天見面時的寒暄用語

(1) おはようございます、おはよう

兩者都是早上（大致在十點以前）見面時的寒暄用語。おはよう比較簡單，因此只用在同學、同一級別的同事之間，而不能用於長輩、上級。おはようございます比較規矩、鄭重，可以用於長輩、上級，也可以用於同輩之間。大致相當於中文的「早安！」。如：

○「先生、おはようございます。」「みなさん、おはよう。」

／「老師！早安！」「同學們！早安！」

(2) こんにちは

白天見面時的寒暄用語，對同級、同輩可以使用，對上級、長輩也可以使用。相當於中文的「你好！」，如：

○こんにちは。お出掛けですか。

／您好！您要外出嗎？

○こんにちは。いらっしゃいませ。

／您好！歡迎您來！

(3) こんばんは

晚上見面時的寒暄用語，上下級之間、長晚輩之間都可以使用。相當於中文的「晚安！」，如：

○「こんばんは、内山先生はいらっしゃいますか。」

／「晚安！請問內山老師在家嗎？」

②分別時的寒暄用語

這類用語有さようなら、またあした、失礼(しつれい)いたします、ご機嫌(きげん)よう。

(1)さようなら

一般分別時皆可使用。

(2)またあした

有時用さようなら顯得不夠或不夠貼切。如下班和同事道別時，可以用さようなら，也可以講では、またあした(明天見！)。

(3)失礼(しつれい)いたします

如果到朋友家，告別時也可以用では、失礼(しつれい)いたします、さようなら。

(4)其它的用語

如果到車站送客人出外旅行時，除了さようなら之外，也可以說：

○さようなら、お元気(げんき)で。

／再見！祝您健康！

○さようなら、ご無事で。

／再見！祝您平安！

○さようなら、ご機嫌よう。

／再見！請保重！

如果夜間訪問結束，客人向主人告別時，也可以用お休みなさい（您休息吧！）。不過還沒到睡覺時間，則不好用お休みなさい，這時能用ご機嫌よう（祝您晚上好！）、では、失礼いたします。（那麼我先失陪了！）

年輕人則常使用バイバイ來表示再見。年輕人之間是可以這樣用的，但向上級、長輩則不好這麼用。這樣用顯得很輕浮、很滑稽。

③街頭見面時的寒暄用語

在街頭遇見熟人時，除了用おはよう、こんにちは來進行寒暄以外，還可以從以下幾個方面的情況來講一些寒暄用語。

(1)對經常見面的人，可以講「おはよう」、「こんにちは」以外，可以使用下面的例子問一下，表示自己對對方的關心。如：

○お出掛(でか)けですか。

／外出嗎？

○お買(か)い物(もの)ですか。

／買東西去嗎？

○お散歩(さんぽ)ですか。

／散步嗎？

當對方向自己這樣寒暄時，可以利用下面的例子，做些回應：

○ええ、ちょっと、そこまで。

／是啊！走一走！

○ええ、ちょっと。

／是啊！

(2)說完「おはよう」、「こんにちは」後，還可以用一些有關天氣、氣候的話題來寒暄一番。這時使用的語言，只能是一些丁寧語。如：

○ずいぶん暖(あたた)かくなりましたね。

／天氣暖和起來了。

○だんだん暑(あつ)くなりましたね。

／天漸漸熱了。

○ずいぶん涼(すず)しくなりましたね。

／天變涼快了。

○お寒(さむ)うございますね。

／真冷啊！

○いい天気(てんき)ですね。

／真是好天氣啊！

○この頃(ごろ)よく降(ふ)りますね。

／最近常下雨啊！

(3)在街頭遇到了前幾天見過的人時，可以講：

○この間(あいだ)、どうも失礼(しつれい)いたしました。

／前幾天，太讓您費心了！

也可以簡化講：

○この間（あいだ）、どうも。

／前些天謝謝您了。

回答時，可以含糊其詞地講：

○いいえ、こちらこそ。

／哪裡、哪裡，我才是呢。

(4) 在街頭遇見了不常見的人，可以講：

○久（ひさ）しぶりでした。（お変（か）わりありませんか）

／好久不見了。（您好嗎？）

○暫（しばら）くでした。お元気（げんき）ですか。

／好久不見了，您好嗎？

上述兩個句子，雖然都譯為了好久不見了，但前者要比後者隔的時間長。

4 有求於人時的幾種說法

在求人幫助時、在要求事情以前，可以說一些寒暄用語。這類用語有すみませんが、失礼（しつれい）

ですが、恐れ入りますが。它們使用的情況相同，都在求人之前講，只是尊敬對方的程度不同。

(1) すみませんが

尊敬對方的程度較低，對一般人可以使用。相當於中文的「對不起」。

○すみませんが、ちょっとお尋ねします。この近所には郵便局がありますか。

／對不起！我問一下，這附近有郵局嗎？

○すみませんが、一三二番をお願いします。

／對不起！我要找一百三十二號！

(2) 失礼ですが

尊敬的程度稍高於すみませんが，可以用於和上級、長輩，或客人的講話中。相當於中文的「不好意思」。如：

○失礼ですが、日本の松下代表団の皆さまでいらっしゃいますか。

／不好意思！諸位是日本松下代表團的人員嗎？

○失礼ですが、ここにお名前を書いてくださいませんか。

／不好意思！請在這裡寫上名字！

(3)恐(おそ)れ入(い)りますが

尊敬程度高於前兩者，可以用於長輩、上級或客人。相當於中文的「很抱歉」。

○恐(おそ)れ入(い)りますが、どなたさまでいらっしゃいますか。

／很抱歉！您是哪一位？

○恐(おそ)れ入(い)りますが、もう一度(いちど)おっしゃっていただけませんか。

／很抱歉！請您再說一遍！

5 表示感謝的用語

這類用語有ありがとう、ありがとうございます、恐(おそ)れ入(い)ります、お礼申(れいもう)しあげます。它們都表示旁人為自己做了某種事情，自己表示感謝。但尊敬對方的程度不同，使用的場合也不同。

(1)ありがとう

尊敬程度最低，並且不夠尊重，顯得隨便。一般只用於上級、長輩向下級、晚輩，或同級、同輩人們之間講。相當於中文的「謝謝！」。

○「忙しいのに見送り、ありがとう。」「どういたしまして、じゃ、お元気で。」「うん、ありがとう」

／「這麼忙還來送我，謝囉！」「哪裡的話。保重啊！」「嗯！謝謝！」

(2) ありがとうございます

也可以說ありがとうございました，兩者意思相同，只是後者語氣更強一些。都比ありがとう尊敬的程度高，除了對同級、同輩的人可以講以外，對上級、長輩以及客人都可以用。商店售貨員對顧客經常使用這一說法。相當於中文的「謝謝」。

○大変お世話になりましてありがとうございました。

／受到您的關照，謝謝您了！

(3) 恐れ入ります

當對方為自己做了某種事情，自己表示擔當不起、向對方致謝時使用。尊敬的程度高於ありがとうございました。相當於中文的「擔當不起」，也可以譯為謝謝。

○どうもご迷惑をかけまして恐れ入ります。

／實在給您添麻煩了，謝謝您了。

○ご招待いただき、恐れ入ります。

／蒙您招待，非常感謝！

(4) お礼申しあげます

比恐れ入ります更加鄭重，尊敬對方的程度更高，多用於比較鄭重場合，如在開會的致詞中，或用在書信中。相當於中文的「感謝」、「謝謝」。

○昨年中いろいろお世話になりましてあつくお礼申しあげます。

／去年受到您多方關照，謝謝您了！

○ご迷惑をおかけしましたことを深くお詫びし、心からお礼申しあげます。

／給您添了麻煩深表歉意，並致以衷心的感謝！

6 表示道歉的用語

這類用語有すみません、ご免なさい、失礼しました、申しわけありません、恐れ入ります、お詫び申しあげます（お詫びいたします），都可以用來表示向對方道歉。但尊敬對方的程度不同，使用的場合也不同。

(1) すみません、ご免(めん)なさい

兩者的意思、用法大致相同，都表示向對方道歉，只是尊敬程度較低，只用於同級之間、一般人之間，不適用於上級、長輩。相當於中文的「對不起」。

○ご迷惑(めいわく)をかけましてすみません。

／給您添麻煩了，很對不起！

○ご免(めん)なさい。痛(いた)かったでしょう。

／對不起！很疼吧！

(2) 失礼(しつれい)しました、失礼(しつれい)いたしました

尊敬程度高於すみません、ご免(めん)なさい，其中失礼(しつれい)いたしました尊敬程度高於失礼(しつれい)しました，可用於上級、長輩（失礼(しつれい)しました不適用於上級、長輩）。都相當於中文的「對不起」。

○どうも遅(おそ)くなって失礼(しつれい)いたしました。

／這麼晚才到，很對不起。

○何(なん)のお構(かま)いもできず、失礼(しつれい)いたしました。

／招待得不好，很對不起。

(3) 申しわけありません（申しわけございません）、恐れ入ります

兩者意義大致相同，用來表示道歉，它們尊敬的程度要高於前面四種說法。可以用於對上級、長輩的講話裡。相當於中文的「很對不起」、「很抱歉」。

○長らくご無沙汰いたしまして申しわけございません。

／久疏問候，很對不起。

○夜遅くまでお騒がせして申しわけありません。

／打攪您到這麼晚，很對不起。

○恐れ入りますが、もう一度おっしゃっていただけませんか。

／很對不起，可以再講一遍嗎？

(4) お詫び申しあげます、お詫びいたします

兩者意思、用法基本相同，它們對對方尊敬的程度，高於前面六種說法。其中お詫び申しあげます高於お詫びいたします。兩者多作為書面語言來用，用於書信等。都含有對不起對方，請求對方原諒、寬恕的意思。相當於中文的「表示抱歉」、「表示歉意」等。

○長らくご無沙汰いたしまして心からお詫び申しあげます。

／久疏問候，深表歉意！

○ご迷惑をおかけしましたことを深くお詫びいたします。
／給您添了麻煩，很抱歉！

7 讓對方久候，表示歉意的說法

這類用語有お待ち遠さまでした、お待たせしました，都表示讓對方等候自己，自己深感抱歉。但尊敬的程度不同，使用的場合也不同。

(1) お待ち遠さまでした

也可以說成お待ち遠さまでございました。在這之中，尊敬的程度最低。除了一般的同級、同輩人之間使用以外，商店的售貨員常用。相當於中文的「讓您久等了」。

○「お待ち遠さまでございました。千円のおつりです。」
／「讓您久等了！這是找您的一千日元。」

○「お待ち遠さまでした。」「いいえ、どういたしまして。」
／「您久等了。」「哪裡，哪裡的話。」

(2) お待たせしました

也可以用お待たせいたしました，兩者的意思、用法基本相同，尊敬的程度高於お待ち遠さまでした。除了一般人使用以外，日本的餐廳、飯館的服務員來送飯菜時，多用這種說法。相當於中文的「您久等了」、「您久候了」。

○「お待たせしました。こちらへどうぞ。」

／「您久等了。請到這邊來！」

○「お待たせいたしました。ごゆっくり、どうぞ。」

／「您久等了！請慢慢吃！」

雖然作為謙讓語的お～する、お～いたす、お～申し上げる三者在一般情況下，大致可以通用，只是謙讓的程度不同，但這時一般只能用お待たせしました、お待たせいたしました，而不能用お待たせ申し上げました。

8 在對方工作勞累之後，表示慰問的用語

這類用語有ご苦労さまでした、お疲れさまでした、お疲れでした、お疲れになりました，都表示在對方做了工作勞累之後，表示自己的慰問。但對對方尊敬的程度不同，使用的場合也不同。

(1)ご苦労さまでした

也可以簡化為ご苦労さん、ご苦労さま。三者都是丁寧語，尊敬的程度較低，後兩者比ご苦労さまでした比較起來更低。三者都是上級、長輩慰問下級、晚輩時使用。相當於中文的「您辛苦了」。

○皆さん、ご苦労さま。ひと休みしてください。

／大家辛苦了！休息一下吧！

○昨夜また残業しましたね。ご苦労さまでした。

／昨晚你又加班了啊！辛苦了。

(2)お疲れさまでした

也可以簡化為お疲れさん、お疲れさま。當對方做了某種工作，或進行長途旅行、相當勞累時，自己向對方表示慰問，使用這一用語。也多是上級、長輩對下級、晚輩的用語。相當於中文的「辛苦了」。

○今日の試合ではお疲れさまでした。

／今天的比賽，你們辛苦了！

○八時間の汽車でお疲れさまでした。

／坐八個小時的火車，辛苦了！

(3) お疲れでした

お疲れでした是由尊敬語慣用型お動詞連用形です轉化而來的用語；お疲れになりました是由尊敬語慣用型お動詞連用形になる構成的。由於它們都是尊敬語，因此尊敬的程度較高，以下級、晚輩對上級、長輩也可以使用。相當於中文的「很累了吧！」

○先生は六時間の汽車でお疲れになったでしょう。

／老師坐了六小時火車，很累了吧！

○会議は三時間も続きましたから、お疲れでしたでしょう。

／會議進行了三個小時，很累了吧！

9 請求對方關照的用語

這時只有一個用語よろしくお願いします。根據尊敬程度的不同，分別可以用よろしくお願いします、よろしくお願いいたします、よろしくお願い申し上げます，其中よろしくお願いします尊敬程度最低，よろしくお願いいたします次之，よろしくお願い申し上げます尊敬程度最高。有時也簡化為よろしく，但對人顯得簡慢一些，只可以上級、長輩對下級、晚輩講。它們的基本含義包含有請多幫助、多照顧的意思，但也作為見面的寒暄用語來用，只是講一講，而沒有更多的意思。可譯為中文的「請多關照」。聽了這一寒暄以後，可以回答說：こちらこそ（我倒請您多關照）或こちらこそよろしく（我倒請您關照）。

○（名刺を渡して）「こういう者でございます。どうぞよろしく。」「こちらこそ、よろしく。」

／（把名片交給對方）「這是我的名字，請多關照。」「我倒請您關照。」

○はじめて東京にまいりました。よろしくお願いいたします。

／我初次來到東京，請多關照！

10 寒暄用語中萬能的「どうも」

どうも是副詞，意思是實在、真是，嚴格地說，這一副詞既沒有問候的意思，也不是敬語，但它作為寒暄用語修飾後面的句子，則成了必不可少的副詞。有時省略了所修飾的部分，單獨使用，代替了各種意思。這時可根據講話的情況，適當地譯成中文。

（路上久未見面的熟人）やあ、どうもご無沙汰しております。お元気ですか。

／啊！好久不見了，你好嗎？

（表示告別）じゃ、どうも、お先(さき)に失礼(しつれい)いたします。

／很對不起，我先走一步。

（表示道謝）まあ、どうもありがとうございました。

／哎呀！真謝謝您啊！

（表示道歉）やあ、どうも申(もう)しわけございません。

／哎呀！真對不起啊！

（表示謝絕）それはどうも、私(わたし)にはいたしかねます。

／那件事，我辦不到的。

從上面句子中可以知道，どうも可以用於各種情況下，修飾不同的動詞。而どうも後面的動詞、形容詞構成的述語部分，都可以省略，只用どうも表示各種意思。如：

（路上久未見面的熟人）やあ、どうも。

／好久不見了。

（相互道別）じゃ、どうも。

／那再見了。

（表示感謝）この間(あいだ)どうも。

／前些天的事，謝謝你了。

（表示道歉）やあ、どうも。

／很對不起。

（表示謝絕）それはどうも。

／那很不好辦。

總之どうも這個副詞，作為寒暄用語經常使用。有時日本人含糊其辭地這麼講，也沒有特別的意義，但有寒暄的作用。

日語裡的寒暄用語是非常豐富的，本書所舉出的只是一般常用的用語。從這些常用的用語中，我們可以知道：它們絕大部分是由尊敬語、謙讓語構成的。即使不是由尊敬語、謙讓語，也是由丁寧語所構成。如お出掛けですか、お元気でいらっしゃいますか、どなたさまでいらっしゃいますか等則是尊敬語；お尋ねいたします、お詫びいたします、ご無沙汰いたしました、お礼申しあげます等則是謙讓語；おはようございます、ありがとうございます、お寒うございます、申しわけございません、お待ち遠さまでした等則是丁寧語。要正確運用寒暄用語，就要掌握好敬語，正確地使用尊敬語、謙讓語，然後根據當時的情況、對方的身分（是上級、是長輩還是同事）來講，否則很容易出現錯誤。

訪問用的敬語

黃先生是在日本留學的台灣研究生，他一個人到佐藤老師家訪問。首先出來接待他的，是佐藤老師的夫人，然後一起進到房間裡。下面是在佐藤老師家門前和客廳的談話。

(1) 玄関の前で／在門前

黄	ご免ください。黄と申しますが、佐藤先生のお宅でございますね。	對不起，我姓黃，這裡是佐藤老師的家嗎？
佐藤夫人	はい、さようでございます。先ほどお電話をいただいた黄さんですね。	是的，是佐藤家。你是剛才打電話來的黃先生吧！
黄	はい、佐藤先生はご在宅でいらっしゃいますか。	是的，佐藤老師在嗎？

佐藤夫人　はい、おります。どうぞ、お上がりください。
是的，在家。請進來吧！

黃　それでは失礼いたします。
那麼我就不客氣了。

(2) 客間で／在客廳裡

佐藤夫人　（お茶とお菓子を出して）どうぞ、おあがりください。
（拿出茶和點心）請吧！請用吧！

黃　どうぞ、お構いなく
請不要張羅了。

佐藤先生　（佐藤先生が出て来て）黄さんですか。よくいらっしゃいました。
（佐藤老師走了出來）黃先生嗎！歡迎你來啊！

黃　お忙しいところをお邪魔いたしまして申しわけございません。
在百忙之中，我來打攪您，很對不起！

佐藤先生　いいえ、どういたしまして。
哪裡，哪兒的話呢！

黄　先生、ちょっとお聞きしたいことがございますが、いま伺ってもよろしいでしょうか。
老師！我有件事想請教老師，現在可以問一問嗎？

佐藤先生　ええ、いいですとも。
好，完全可以。

黄　先生は日本の敬語について研究していらっしゃるそうですが、日本の敬語についてちょっとお伺いしたいのですか。
聽說老師在研究日本的敬語，我想問一問有關日本敬語的問題。

佐藤先生　どんなことですか。
什麼問題啊！

黄　日本の敬語の歴史についてすこし勉強いたしたいのですが。
我想研究一下日本敬語的歷史。

佐藤先生	そうですか。それなら、敬語の歴史についての本を二、三冊貸してあげましょう。	是嗎？那樣的話，我借給你兩、三本有關敬語的歷史的書吧！
黄	それではお借りいたします。	那麼我就借了！
佐藤先生	どうぞ、ゆっくり読んで勉強してください。	那麼你就慢慢看，學習一下吧！
黄	はい、ありがとうございました。	是，謝謝您。
黄	どうもお邪魔いたしまして申しわけございません。	打攪老師了，很對不起！
佐藤先生	いいえ、どういたしまして。	不、不客氣。
黄	では、これで失礼いたします。	那麼我就告辭了。

佐藤先生（さとうせんせい）　じゃ、時々（ときどき）遊（あそ）びにいらっしゃい。さようなら。　請你時常來玩！再見！

黄（こう）　さようなら。　再見！

上面兩段裡出現了佐藤老師、佐藤夫人，以及訪問者黃先生。黃先生是佐藤老師的學生，因此對佐藤老師或對佐藤夫人講的話，都使用了敬語，即對老師或老師夫人都用了尊敬語，而對自己的行動則用了謙讓語。以表示對老師和老師夫人的尊敬；而佐藤老師由於是對學生講話，因此多用一般語言。而佐藤夫人在接待黃先生時，為了表示客氣，也用了一些尊敬語或謙讓語，同時也用了女性經常使用的丁寧語。

第四節　接待來訪客人用的敬語

內山先生有事到田中商社去找田中社長，首先來到了接待處，在接待處工作的是一位女事務員，她接待了內山先生，把內山先生接到了裡面，在接待室裡內山先生見到了田中社長。

(1) 受付（うけつけ）で／在接待櫃檯

受付係（うけつけがかり）	（立（た）って）いらっしゃいませ	（站起來）歡迎！
內山（うちやま）	あのう、田中社長（たなかしゃちょう）にお目（め）にかかりたいのですが。	我想見田中社長！
受付係（うけつけがかり）	失礼（しつれい）ですが、どなたさまでいらっしゃいますか。	很抱歉！您是哪一位？

内山（うちやま）：内山（うちやま）と申（もう）します。

我姓內山。


受付係（うけつけがかり）：内山様（うちやまさま）でいらっしゃいますね。恐（おそ）れ入（い）りますが、少々（しょうしょう）お待（ま）ちください。

（電話（でんわ）をかけて）

內山先生啊！不好意思！請稍候一下！（打電話）

受付係（うけつけがかり）：大変（たいへん）申（もう）しわけございませんが、社長（しゃちょう）はいま部屋（へや）におりません。

非常抱歉！社長現在不在房間裡。


内山（うちやま）：そうですか。

是嗎？


受付係（うけつけがかり）：でも、十分（じゅっぷん）ぐらいで帰（かえ）ってくるそうです。

不過，據說十分鐘就會回來的。


内山（うちやま）：そうですか。それではしばらくお待（ま）ちしましょう。

是嗎？那麼我等一會兒吧。

受付係（うけつけがかり）：それでは、応接室（おうせつしつ）までご案内（あんない）いたしましょう。

那麼我帶您到接待室去吧！


内山（うちやま）：恐（おそ）れ入（い）ります。

那就勞駕了。


受付係（うけつけがかり）：こちらへどうぞ。社長（しゃちょう）がすぐまいると思（おも）いますので、少々（しょうしょう）お待（ま）ちくださいませ。

請到這邊來吧，社長很快就回來，請稍候！

(2) 応接室（おうせつしつ）で／在接待室

事務員（じむいん）：あっ、社長（しゃちょう）、内山様（うちやまさま）とおっしゃる方（かた）が応接室（おうせつしつ）で待（ま）っていらっしゃいます。

啊，社長！有一位內山先生在接待室等著。


田中（たなか）：あっ、そうですか。

是嗎？


田中（たなか）：（入（はい）ってきて）どうも大変（たいへん）お待（ま）たせいたしました。

（進來）讓您久等了！

内山(うちやま)	いいえ、この間(あいだ)どうも。	哪裡的話，前些天讓您費心了。
田中(たなか)	先日(せんじつ)は当社(とうしゃ)の販売部長(はんばいぶちょう)の小林(こばやし)がいろいろお世話(せわ)になりましてありがとうございました。	前些天，敝公司的銷售部長小林受了您的關照，謝謝您了。
内山(うちやま)	いやいや、どういたしまして。	哪裡，哪裡的話。

在這兩段對話中，內山先生作為客人來到田中商社，由於是客人，接待他的女事務員對內山先生都使用了尊敬語，並且都是尊敬程度較高的尊敬語，如どなたさまでいらっしゃいますか、お待(ま)ちください等；而講自己的行為動作時，則用謙讓語，如ご案内(あんない)いたしましょう等。但提到社長時由於是對客人講自己公司的社長，而用謙讓語或一般話語，如稱社長為社長(しゃちょう)，而不稱呼為社長(しゃちょう)さん，對社長的行為也講おりません、すぐまいる等。我們外國人學習日語時，往往認為社長是自己的上級，似乎應該用尊敬語，但是內外有別，向外人（客人）講自己公司的社長，是不用尊敬語的，這點值得注意。

第五節 自我介紹及對話中用的敬語

在歡迎新入職員的大會上，新職員每位都做了自我介紹。然後互相進行了簡單的交談。下面是兩個人的自我介紹，及他們之間的談話。

(1) 自己紹介（じこしょうかい）／自我介紹

①

はじめまして。よろしくお願（ねが）いいたします。吉田秋子（よしだあきこ）と申（もう）します。東京（とうきょう）のものでございます、慶応大学（けいおうだいがく）の文学部（ぶんがくぶ）を卒業（そつぎょう）いたしました。この度入社（たびにゅうしゃ）できまして大変喜（たいへんよろこ）んでおります。これからは上司（じょうし）や先輩（せんぱい）の方々（かたがた）のご指導（しどう）をいただいて、うんとがんばっていきたいと存（ぞん）じております。

初次見面，請大家多多關照。我叫吉田秋子。東京人，畢業於慶應大學文學部。這次能進入公司工作，我感到非常高興。今後我想在上級和前輩的領導下加倍地努力工作。

②

鄭和平と申します。台湾の者でございます。明治大学の経済学部を出ましてすぐ本社に入社いたしました。趣味はスポーツで、野球選手をしたこともございます。この度入社いたしまして、皆さまと一緒にがんばっていくつもりでございます。では、皆さま、よろしく。

我叫鄭和平，是台灣人。從明治大學經濟系畢業以後，立即就進入了總公司。我的興趣是運動，曾經當過棒球選手。這次進入公司工作，我想和大家一起努力工作，希望大家多幫助。

上述兩段簡單的自我介紹，前一段是吉田秋子小姐的介紹，由於是女性，因此使用了較多的謙讓語，並且尊敬的程度都較高，如お願いいたします、喜んでおります、ご指導をいただいて、～と存じます等。而後者是男性職員，在講話中只用了一些丁寧語，偶爾講一句謙讓語，即鄭和平と申します，其他台湾の者でございます、入社いたしました、したこともございます、入社いたしまして等都是丁寧語。另外吉田小姐，由於是女性，她的講話則比較規矩鄭重，如よろしくお願いいたします；而同様一句話，男性的鄭先生只簡略地用了よろしく。

(2) 吉田と鄭との雑談／吉田、鄭兩人的交談

吉田　鄭さんはいつごろ日本にいらっしゃったのですか。
　　　鄭先生什麼時候來到日本的？

鄭　四年前に日本に来ました。父は東京で仕事をしているものですから、台湾の高校を卒業いたしまして、すぐこちらへまいりました。
　　四年前來到日本的。家父在東京工作，因此我從台灣高中畢業以後，就到日本來了。

吉田　それでは、もう日本の生活をお慣れになりましたね。
　　　那麼您對日本的生活已經習慣了吧？

鄭　まあ、大体慣れました。
　　是啊！大致已經習慣了。

吉田　鄭さんは東京にお出でになってから、台湾にお帰りになったことがございますか。

鄭先生來到東京以後，回過台灣嗎？

鄭　ええ、毎年夏休みには必ず帰っております。台湾の夏はとてもいいですから。

是啊，每年暑假一定要回去的，台灣的夏天很棒唷！

吉田　そうですか、いずれに機会がございましたら、必ず台湾へ旅行にまいりたいですね。

是嗎？有機會的話一定要到台灣去旅行。

鄭　必ずいらっしゃってください。その時はわたしがご案内いたします。

您一定要來。您來的話，我給您做嚮導。

吉田　その時はお願いします。

那麼屆時就拜託您了。

上述對談中，吉田秋子是女性，因此多使用一些敬語，不僅用了丁寧語，並且用了尊敬語與謙讓語。如いらっしゃったのですか、お慣れになりましたね、お出でになってから、お帰りになったことがございますか等，就都用了尊敬語；並且用了許多謙讓語，如まいりたい。而鄭和平是男性，所以基本上是用丁寧語來講話的，只有某些地方使用了謙讓語。如こちらへまいりました。從上述對話當中可以知道，儘管兩個人是平級的同事，但女性較多使用敬語，而男性則較少使用。

第六節 宴會致詞及談話中用的敬語

在商業性的宴會上或同業的聚會上，往往會要求參加的客人講幾句話，儘管是簡單的致詞，但如果沒有準備，也會不知道講什麼才好。下面介紹台灣楊先生在日本商社的招待宴會上的致詞，以及他和這間商社的山下課長的談話，供讀者參考。

(1) 歓迎会の席上で／在歡迎會上

山下課長さん、ご紹介ありがとうございました。ただいまご紹介いただきました楊華です。台湾東方紡績会社の業務課長をしております。本日はこのような素晴らしい席にお招きいただきまして、誠にありがとうございました。当社を代表いたしましてひとことご挨拶を申し上げたいと思います。ただ、残念ですが、私は日本語が得意ではありません。十分に私の言いたいことを言い表すことができないかもしれません。

ですから、皆さまにお許しいただきたいと存じます。

とにかく、今回ご挨拶の機会を与えていただきましてありがとうございました。

承蒙山下先生做了介紹，謝謝。我是山下先生介紹的楊華，是台灣東方紡織公司的業務課長。今天承蒙貴公司招待，有幸參加這樣的盛會，我深深表示感謝。我想代表敝公司講幾句話，但非常遺憾的，我的日語講得不好，也許不能完全表達我所要說的內容，因此請諸位見諒！

總之，今天給我這樣一個講話的機會，我表示感謝。

(2)山下と楊との談話／山下和楊的談話

山下	楊さんは日本語がお上手ですね。	楊先生日語說得很好啊！
楊	いいえ、どんでもないことでございます。まだ初心者ですから。うんと勉強しなければなりません。	哪裡的話，還是剛剛學，必須更加油才行。
山下	楊さんは東京は始めてでいらっしゃいますか。	楊先生是第一次到東京來嗎？

楊	ええ、始めてでございます。	是的，是第一次來。
山下	では、ごゆっくり東京をご見物になってくださいませ。	那麼請您到東京各處好好參觀吧！
楊	ええ、一通り見物するつもりでございます。	是啊！我打算把東京看一遍。
山下	なにしろ東京は始めてでいらっしゃいますから、よろしかったらご案内いたしましょう。	怎麼說您是第一次到東京，如果可以的話，我給您做嚮導。
楊	それは何よりでございます。	那太好了。那麼我就拜託了。

在歡迎會上致詞，是比較正式的，因此要使用敬語。楊華先生雖然覺得自己日語講得不好，但他也適當地使用了敬語，不僅動詞用了尊敬語、謙讓語，如：ご紹介いただきました楊華です、お招きいただきまして、ご挨拶を申し上げたいと思います、言い表すことができないかもしれません、お許しいただきたいと存じます等；而一些名詞、副詞也都用了比較

鄭重的表現方式，即用了丁寧語，如：ただいま、本日（ほんじつ）、誠（まこと）に、ただ等，都是比較鄭重的說法，適合在致詞中使用，這樣整個致詞才能夠協調。

其次在山下與楊華的談話中，山下使用了一些尊敬語，如：始（はじ）めていらっしゃいますか、ご見物（けんぶつ）になってくださいませ，也用了謙讓語，如：ご案内（あんない）いたしましょう，這一些都是應該的，因為楊華先生是公司的客人。與山下比較起來，楊華先生只用了一些丁寧語，把話講得恭敬一些，這麼講也是可以的。

第七節 電話中用的敬語

在日本打電話時，除了家屬或親密的朋友之間使用一般語言以外，其他如普通朋友相互問候、聯繫工作時，一般多用敬語（尊敬語、謙讓語、丁寧語）。並且打電話、接電話的習慣，也和我國有所不同，有必要進行說明。在接電話拿起話筒時，首先要講自己所在的部門（如內田商會的經營部），打電話的人聽了以後再講一下自己的部門和姓名，這樣相互都知道了對方是誰以後，然後再講有什麼事情，或要找什麼人。下面看看兩通電話中的對話。

(1) 電話（でんわ）をかける／打電話

内田商会（うちだしょうかい）	はい、内田商会（うちだしょうかい）の経営部（けいえいぶ）でございます。	喂喂！這裡是內田商會的經營部。

楊	台湾東方紡績会社の楊でございます。経営部の村田部長をお願いします。	我是台灣東方紡織公司的楊某，請經營部的村田部長接電話！
内田商会	少々お待ちください。お待たせいたしました。あいにく部長はただいま外出しておりますが。	稍等一會！讓您久等，不巧部長現在外出了。
楊	そうですか。それでは山下課長はいらっしゃいますか。	是嗎？那麼，山下課長在嗎？
内田商会	少々お待ちください。	請稍候！
山下	もしもし経営部の山下でございます。	喂喂！我是經營部的山下。
楊	台湾東方紡績会社の楊です。	我是台灣東方紡織公司的楊某。
山下	楊さんでいらっしゃいますか。先日はどうも。どういうご用件でしょうか。	是楊先生嗎？前些天真是謝謝，有什麼事嗎？

楊　先日出していただきましたテトロン綿のオファーについてですが、値段をもう一度御検討いただけませんか。
前幾天你們出的特多龍綿的報價，價格能否再考慮一下！

山下　はい、かしこまりました。部長が帰り次第、折り返しお電話いたします。
是，我懂了。待部長回來再給您回電話。

楊　では、お願いします。さようなら。
那麼，麻煩您了。再見。

山下　さようなら。
那再見。

(2) 電話をかける／打電話

交換手　東京ホテルでございます。
這裡是東京飯店。

村田　二三五号室をお願いします。
請接二三五號房。

村田　楊さんですか。内田商会の村田でございます。
楊先生嗎？我是內田商會的村田。

楊：あ、楊ですが、どうも

我是小楊，您好！

村田：さきほど外出しておりまして失礼いたしました。実は値段のことですが、この土曜日に取締役会で決めることにいたしました。週明けにはお返事できるはずですが、しばらく待っていただけませんか。

剛才我外出了，很對不起。關於價格問題，公司已決定這週的星期六在董事會上討論決定。下週一左右就可以答覆您，請再等幾天！

楊：分かりました。なるべくこちらの線に沿うようにご努力をお願いいたします。

我知道了。請您盡量努力爭取到我們出的價格。

村田：私の見通しとしましては大丈夫だと存じます。

我估計是不成問題的。

楊：そうですか。それではお願いします。

是嗎！那就拜託您了！

村田：では来週にお返事いたします。

那麼下星期答覆您。

楊：はい、お待ちいたします。さようなら。　好！我等待您的消息。再見！

村田：さようなら。　再見！

上面兩段是利用電話進行的有關商業往來方面的談話。由於互相之間不是很熟悉，因此要使用丁寧語，表示對對方的恭敬。同時講到對方的事物、動作、行為時，要用尊敬語，如お待ちくださ い、山下課長はいらっしゃいますか等；講到自己這方面的事物、動作、行為時，則要用謙讓語，如御検討いただけませんか、お願いします、出していただきました、お電話いたします、外出しておりまして、大丈夫だと存じます等。

第八節　書信中用的敬語

在日語的書信中，除了兄弟姊妹或極親密的朋友之間，使用一般的語言以外，多使用敬語。在提到對方或和對方有關的事物時，要使用お、ご、御(おん)、貴(き)等接頭語構成的單詞。如：

お宅(たく)／您的府上　　お体(からだ)／您的身體

お手紙(てがみ)／您的來函　　ご意見(いけん)／您的意見

御地(おんち)／貴地　　貴社(きしゃ)／貴公司

在提到對方或和對方有關人物的動作、行為時，也要用尊敬語名詞或慣用型。如：

いらっしゃる／來、去、在　　おっしゃる／說、講

卒業(そつぎょう)される／畢業　　ご結婚(けっこん)なさる／結婚

ご栄転(えいてん)になる／調動工作　　ご出張(しゅっちょう)になる／出差等，表示對對方的尊敬。

在提到自己或自己這方面的人的動作、行為時，則要用謙讓語。如：

いたします／做　　存(ぞん)じます／想、認為

申(もう)し上(あ)げます／做、講　　お訪(たず)ねします／拜訪（您）

ご返事(へんじ)いたします／給（您）回信。

另外，也有一定的書寫格式和常用的語言，當然這些語言也都是用敬語來書寫的。主題往往是寫一些季節、氣候的變化。如：

日(ひ)に日(ひ)に暖(あたた)かくなってまいりました。

／天氣漸漸暖和了。

猛暑(もうしょ)の季節(きせつ)になりました。

／到了炎熱的季節了。

秋(あき)いよいよ深(ふか)く、日(ひ)も短(みじか)くなりました。

／秋深了，白天也短了。

本年(ほんねん)は格段(かくだん)お寒(さむ)うございます。

／今年特別寒冷。

接著要問候一下起居安否。如：

皆(みな)さま、お変(か)わりございませんか。

／你們都好嗎？

ますますご壮健(そうけん)の由(よし)、お喜(よろこ)び申(もう)し上(あ)げます。

／你們日益健康，我感到非常高興。

然後可以寫要講的事情。信的最後多寫一些希望關照、幫助之類的語言。如：

今後(こんご)ともよろしくお願(ねが)い申(もう)し上(あ)げます。

／今後還請您多加關照。

今後(こんご)ともなにぶんのご指導(しどう)のほどねがいあげます。

／今後還請多加教導。

下面是一張賀年卡和一封問候信。從賀年卡和問候信中，看看敬語的使用情況。

(1) 年賀状（ねんがじょう）／賀年卡

新年（しんねん）おめでとうございます。旧年中（きゅうねんちゅう）はいろいろご厚情（こうじょう）をたまわり、心（こころ）よりお礼申（れいもう）し上（あ）げます。おかげさまで、一同幸（いちどうしあわ）せに越年（えつねん）することができました。本年（ほんねん）もよろしくご厚情（こうじょう）のほど願（ねが）いあげます。

新年快樂！在過去的一年裡，多蒙熱情關照，表示衷心感謝！託您的福，我們幸福地過了新年。今年也請您一如既往地厚情關照！

這張賀年卡全用了敬語，丁寧語有おめでとうございます；謙讓語有お礼申（れいもう）し上（あ）げます、願（ねが）いあげます；尊敬語有ご厚情（こうじょう）をたまわり等，要是掌握不了敬語，連賀年卡也寫不好的。

(2) 暑中見舞（しょちゅうみま）い／暑期問候

日増（ひま）しに暑（あつ）さ厳（きび）しくなってまいりした。皆様（みなさま）お元気（げんき）でいらっしゃいますか、お伺（うかが）い申（もう）しあげます。当方（とうほう）はおかげさまで皆無事（みなぶじ）ですから、ご安心（あんしん）くださいませ。

当地のような山間の田舎でもこの暑さですから、都会の暑さはまた格別のものであろうと拝察いたします。予報によりますと、暑さはこれからだとのことですから、お年寄りやお子様にはさぞしのぎ難いことだろうと存じます。都会に比べると、当地は風もいくぶん涼しく朝夕は気温も下がります。暑中休暇に入りましたら、お年寄りとお子様たちだけでもお出でになってはいかがでしょうか。何のお世話もできませんが、それだけ気楽にお過ごしいただけるかと存じます。お待ちしております。

まずは暑中のお見舞いまで。

天氣一天比一天熱，大家都好嗎？我向大家問候。我們這裡託您的福，一切平安，請不要掛念！連我們這山裡的鄉下也是如此炎熱，那您城裡的熱勁是可想而知的了。據天氣預報講：今後將更加炎熱，因此我想你們那邊的老人家和孩子們可能會受不了熱。我們這裡輕風習習、早晚涼爽。我想如果到了暑假，就算只有老人家和孩子們，也可以到我們這邊來玩，不知您的意見如何？我雖然無法周全地照顧大家，但我想那樣他們也可以輕鬆地度過這夏天了。我等待著他們。

謹致夏日的問候！

這封普通簡單的問候信中使用了許多敬語，對收信人以及收信人長輩的行為、動作都使用了尊敬語，如：お元気でいらっしゃいますか、お出でになってはいかがでしょうか；而對自己的行為、動作，則使用較多的謙讓語，如お伺い申しあげます、拝察いたします、存じます、お過ごしいただけるかと存じます、お待ちしております等。

日本的書信，除了兄弟姊妹之間，或極親密的朋友之間使用一般語言來寫以外，一般都是使用敬語的。這是我們學習日語的人，或從事日語相關工作時，必須努力掌握的一點。

第五章 使用敬語時常犯的錯誤

上面幾章介紹了敬語的表現形式以及使用的情況，但由於敬語的用法比較複雜，使用時很容易發生錯誤。用錯了不僅沒有尊敬對方的作用，反而會顯得說話者不懂禮貌。因此在這一章裡，首先介紹一下使用敬語應該注意的地方，然後就具體的錯誤進行分析，供讀者參考。

第一節 使用敬語的幾點注意

要正確的使用敬語，必須處理好以下幾個問題：

(1)要正確理解，並掌握好聽話者與話題中出現的上級、長輩的關係。在前幾章中，曾說明若在話題中提到上級、尊長的動作、行為時，要使用尊敬語。如：

?田中課長(たなかかちょう)はそう言(い)いつけられました。

／田中課長這麼吩咐了。

?お父(とう)さんは今度(こんど)のP(ピー)・T(ティー)・A(エー)にいらっしゃるとおっしゃいました。

／父親說了會參加這次家長會。

這兩句獨立地看是通的。前一句在向同一級別的同事，講田中課長這樣吩咐了。這樣說是可以的，因為田中課長既是自己的上級，也是聽話者的上級，因此可以這麼說。後一句如果是一個小學生，向自己的母親講父親會參加這次的家長會，也是可以的，因為在日本人的眼裡看來，父親的地位要高於母親，因此孩子在向母親講到父親時，要用尊敬語。但聽話者若不是上述這些人，則會出現不同的情況，有時則不能用這兩個句子。

如前一句，聽話者如果是公司的社長、部長，或到公司來訪的客人，這樣講則是不合適的。因為社長、部長是田中課長的上級，因此就不應該在課長的上級面前，將田中課長的行為、動作使用尊敬語了；聽話者如果是來訪的客人，則更是如此。不應該在客人面前，對自己的課長那樣使用尊敬語。這時一般用下面的一般說法就可以了。

○田中課長（たなかかちょう）はそう言（い）いつけました。

／田中課長這麼吩咐了。

而後一句，如果是學生告訴老師說父親會參加這次家長會，聽話者是自己的老師，而話題中的人物，即會話中提到的人是自己的父親，因父親是自己這方面的人，此時則不應該使用尊敬語，而要用謙讓語。如：

○父(ちち)は今回(こんかい)のP(ピー)・T(ティー)・A(エー)に出(で)ると申(もう)しました。

／父親說會參加這次的家長會。

因此，只考慮對話題中提到的上級長輩要使用尊敬語，僅這麼一點還是不夠的，還要考慮聽話者與會話中提到的上級、長輩的上下、內外關係，才能正確地使用尊敬語與謙讓語。

(2)正確地使用一些敬語表現形式，不但要正確地使用敬語動詞表現形式，也要正確地使用有關人物、時間的名詞、代名詞等的說法。

在前幾章介紹了幾種敬語（如尊敬語、謙讓語、丁寧語）的表現形式，但在使用時，有時也會混淆不清，因而用錯。例如有的學生在拜訪老師時，在門口向開門的人問：

×山田先生(やまだせんせい)はおりますか。

這個學生認為おりますか是敬語，因而用了敬語おりますか。實際上，おります雖是敬語，但它是謙讓語或丁寧語，只能用來說自己或自己這方面的人，表示在的意思。因此，這樣用了おりますか，則是錯誤的。它不但沒有尊敬老師，相反地，倒不禮貌了。這時則要用下面這種說法：

○山田先生(やまだせんせい)はいらっしゃいますか。

／山田老師在家嗎？

像這種錯誤，則是用了錯誤的謙讓語。

再如，有的學生向另一個學生說：

×内山先生は度々そう申したのではありませんか。

這也是用錯了敬語動詞，錯將謙讓語作為尊敬語來用了。申す雖是敬語動詞，但它不是尊敬語，而是謙讓語。因此講內山老師這麼說了，用申した顯然是錯誤的。正確的說法應該是：

○内山先生は度々そうおっしゃったのではありませんか。

／內山老師不是屢次那麼說嗎？

再比如一個旅遊的嚮導向日本客人講：

？日本のどこから来たのですか。

這句話作為日語還是通的，只是使用了一般的語言，也沒有使用敬語。只不過，身為一個嚮導，向日本客人這麼講是很不禮貌的，很不恰當。正確的說法應該是：

○日本のどちらからいらっしゃったのですか。

／是從日本的哪個地方來的？

也就是說，這句話裡的どこ、来た，應該分別用どちら、いらっしゃる。像這樣用敬語講話時，不僅要考慮動詞，而且名詞、代名詞也要用敬語單詞的。

(3)正確地選擇敬語中意思相同，但表現形式不同的説法

如：お～なさい、～てください、～てくださいませんか、お～ください、～ていただきます、お～いただきます、～ていただけませんか、お～いただけませんか都表示請求命令，並且大部分都含有尊敬的語氣。但學生請老師改一改作文，向老師說：「老師！請把這份作文改一下！」這時用哪一個慣用型合適呢？應該須要選擇一個尊敬程度較高的説法。如果用下面的說法：

？先生、この作文を直しなさい。

？先生、この作文を直してください。

對老師這麼講，很顯然尊敬程度是不夠的。至少也得用尊敬程度更高一點的説法。

○先生、この作文を直してくださいませんか。

○先生、……お直しくださいませんか。

○先生、……直していただけませんか。

○先生、……お直しいただけませんか。

／老師！請老師改一改這個作文。

再比如お～します、お～いたします、お～申し上げます都是謙讓語，意思相同。但在問路時，用哪種說法合適呢？如：

○ちょっとお尋ね申し上げます。

お～申し上げます尊敬程度最高，向一位不認識的人問路，這麼講顯然是有些過頭，是沒有必要用這樣最高級的謙讓語的。一般說用お～します、お～いたします也就可以了。如：

○ちょっとお尋ねします。

／我問一下路！

○ちょっとお尋ねいたします。

／我問一下路！

因此，不但要正確地掌握尊敬語、謙讓語的各種表現形式，在使用的時候，也得恰如其分。

(4)講話時要注意表情、聲調、態度、禮貌等

在使用敬語時，不但語言要使用準確，表達方式也得恰到好處。在講話的聲調、表情、態度等方面，也要表現出謙虛、和藹、有禮貌。

如果有一位來訪的客人，向公司的某一位職員問道：

○「社長(しゃちょう)さんはいつごろお帰(かえ)りになるのですか。」

／社長什麼時候回來？

職員卻昂著頭、粗聲粗氣地回答道：

○「それは存(ぞん)じません。」

／不知道。

單純地看這一回答是可以的，但他卻昂著頭、粗聲粗氣地回答，則是不夠好的。這樣則沒有敬語的作用，而必須更謙恭一些、低聲一些，語調更加柔和一些來做回答。

再如來訪的一位客人來到接待室，這裡的女事務員一動不動地坐在那裡說了聲：

○「いらっしゃいませ。」

／歡迎！

這麼講是沒有錯的，但她卻動都不動，這是不合適的。至少她得站起來講，才有禮貌。

以上僅僅提出幾點應該注意的地方。實際上在使用敬語時，必須從語言到態度等各方面都應該注意的。而下面幾節中所指出的錯誤，絕大部分是由於沒有掌握或處理好上述應該注意的地方而造成的。

第二節　應該用敬語而未用敬語

我們在講話時，經常會出現應該使用敬語，而未使用敬語的情況。這樣的句子作為日語來說，通還是通的，但是顯得不規矩、不禮貌。仔細分析起來，它們有下面兩種狀況：

(1) 該使用敬語，但完全未用敬語

?①ちょっと聞きますが、この付近には郵便局がありますか。

?②ちょっと皆に話してもらいたいですが。

例①是在路上向行人問路。問路至少對對方也要表示一下敬意，但在句子裡只用了一般動詞聞きます；例②是請求對方講一講某一情況。既然是請求對方，就應該表示一下敬意，使用謙讓語動詞或慣用型。但它只用了～てもらう這一般的說法，因此是不夠的。它們的正確的說法應該是：

○①ちょっとお尋ねしますが、この付近には郵便局がありませんか。

／請問一下，這個附近有郵局嗎？

○②ちょっと皆に話していただきたいのですが。

／我想請您向大家講一講！

再如：

？③私は先生の言ったようにやってみました。

？④野村先生は一応直してくれました。

這兩句的錯誤，主要在於應該使用尊敬語的地方沒有用尊敬語，只用了言った、直してくれました，這是不夠的。因為例③是直接和老師講話，這樣講太不禮貌。例④也是講野村老師改了，也應該用尊敬語。正確的說法應該是：

○③私は先生のおっしゃったようにやってみました。

／我照老師說的那樣做了。

○④野村先生は一応直してくださいました。

／野村老師大致改了一遍。

再如：

？⑤おじいさん、ご気分はどうですか。

？⑥先生、このように訳していいですか。

這兩句作為日語還是通的，但沒有使用敬語，對祖父、老師直接講話要用尊敬語或丁寧語，而どうですか、いいですか，都是一般的說法，應該用較規矩的鄭重的說法。它們正確的說法應該是：

○⑤おじいさん、ご気分はいかがでしょうか。

／爺爺！感覺怎麼樣？

○⑥先生、このように訳してよろしゅうございますか。

／老師！這麼翻譯可以嗎？

いかが、よろしい都是丁寧語，使用這種丁寧語單詞則比較鄭重、恭敬。

(2)應該全句使用敬語，但部分卻未使用敬語

在一個句子裡，一部分使用了敬語，另一部分應該用敬語的地方卻用了一般語言，這種說法也是不夠好的。如：

？①彼は誰でいらっしゃいますか。

？②君もそうおっしゃるのですか。

這兩個句子之所以不合適，是因為講話者只在述語部分使用了尊敬語的說法，即使分別使用了いらっしゃいますか、そうおっしゃるのですか，而在其他部分則用了一般的說法，像是使用了彼、誰、君等，這樣作為一個句子則不夠協調。因此，它們正確的說法應該是：

◯①あちらはどなたさまでいらっしゃいますか。

／那一位是誰？

◯②あなたもそうおっしゃるのですか。

／您也那麼說嗎？

再如：

？③着いた時には、あいにく俄か雨で誰もお迎えに上がることができなくて、失礼いたしました。

？④台北は今ごろ込んでいますから、宿を予約なさってから行く方がいいですよ。

這兩個句子，整個句子是用敬語來講，但例③述語部分用了お迎えに上がる、失礼いたしました兩個謙讓語，而前面卻用了一般動詞着いた，這是不合適的。為了句子語調的統一、協調，也應該用尊敬語動詞，即用お着きになった，或用着かれた；例④前面用了尊敬語予約なさって，而後面卻用了一般動詞行く（方がいい），這樣前後也是不協調的，應該用予約なさってからいらっしゃる方がいいですよ。因此，它們正確的說法，分別應該是：

○③お着きになった時、あいにく俄か雨で誰もお迎えに上がることができなくて、失礼いたしました。

／您到的時候，不巧正碰上驟雨，所以沒人能到車站接您，很對不起。

○④台北は今ごろ込んでいますから、宿を予約なさってからいらっしゃる方がいいですよ。

／臺北現在人潮擁擠，所以先把旅館預訂下來再去的好。

再如：

?⑤先生はこれは難しいとおっしゃっていました。

?⑥お客さんはいま応接室でお待ちになっています。

例⑤例⑥述語分別用了おっしゃっていました、お待ちになっています，兩者都是尊敬語，看起來似乎沒有錯誤。但實際上，念起來總感覺不夠流暢，也就是不合乎日語的表現形式。這種情況，一般用言っていらっしゃいます、待っていらっしゃいます。也就是說，在日語裡用動詞連用形て＋補助動詞時，它們的敬語表現形式一般是：て前面的動詞用一般動詞，

而て後面的補助動詞用敬語動詞，即用尊敬語動詞。如：

書いている↓書いていらっしゃる

出掛けている↓出掛けていらっしゃる

帰ってくる↓帰って来られる

買っておく↓買っておかれる

（參看第45頁，第一章第三節いらっしゃる）

因此，這兩句的正確說法應該是：

◯⑤先生はこれは難しいと言っていらっしゃいました。

／老師說這題很難。

◯⑥お客さんはいま応接室で待っていらっしゃいます。

／客人在接待室裡等著。

總之，在一個句子裡如果有用敬語，前後都要使用敬語。若一部分用敬語，一部分不用敬語，那是不協調的。

第三節 用錯了謙讓語、丁寧語

在這一節裡，看一看將謙讓語、丁寧語作為尊敬語來用的錯誤。

在一般講話裡，這種錯誤是比較多的。其所以出現這種錯誤，主要原因是由於未能清楚明白所使用的用語是尊敬語還是謙讓語，而只是認為是敬語而使用的。

1 用錯謙讓語動詞

例如將謙讓語動詞おる、申（もう）す、伺（うかが）う、まいる等，錯誤地使用在講上級、長輩或客人的動作。如：

×①ご両親（りょうしん）はどちらにおりますか。

×②大阪（おおさか）の野村（のむら）さんがおりましたら、六号車（ろくごうしゃ）の電話室（でんわしつ）にお出（い）でください。

×③あなたの申したことはよく分かりました。

×④先生はそう申されました。

上述句子例①例②用おります是錯誤的。例①是問聽話者的父母親現在在哪裡，講的是對方父母ご両親，因此是不應該用謙讓語おります的；例②是列車上找乘客野村的廣播，講客人野村也是不該用謙讓語おりましたら的。上述兩個句子都要用尊敬語いらっしゃる的。例③用申した，申した是謙讓語，所以是錯誤的；例④講話者也許認為用申されました是使用了敬語助動詞れる，並且有的日語語言學者也同意這種用法。但大多數學者認為這種用法不合適，不主張這樣使用。本書根據大多數學者的意見，認為例③、例④用申す、申された都是錯誤的，這時要用おっしゃった或言われた。因此這四句正確的說法應該是：

○①ご両親はどちらにいらっしゃいますか。

／您父母在哪裡？

○②大阪の野村さん、いらっしゃったら六号車の電話室にお出でください。

／大阪野村先生在的話，請到六號車廂的電話室來！

○③あなたのおっしゃった（言われた）ことはよく分かりました。

／您說的，我懂了。

○④先生（せんせい）はそうおっしゃいました（言（い）われました）。

／老師這麼講了。

再如：

×⑤受付（うけつけ）で伺（うかが）ってください。

×⑥今日（きょう）多（おお）くのお客（きゃく）さんがこの問題（もんだい）を伺（うかが）いました。

×⑦こちらへまいりませんか。

×⑧日本（にほん）から台北（タイペイ）にまいりまして、台北（タイペイ）はどんなところだとお感（かん）じになりましたか。

上述幾個句子，也都是將謙讓語動詞，錯誤地作為尊敬語動詞來用了。例⑤是指是前來訪問的人問一下詢問處，例⑥是講許多人問了這個問題，伺（うかが）う雖表示問、詢問，但它是謙讓語，因此用來講客人的動作是錯誤的，這時一般要用尊敬語お聞（き）きになる。例⑦是一個職員向客人講請到這邊來吧！例⑧是問日本的客人您來到台北，まいる雖是來的意思，但它也是謙讓語，只能用來講自己這方面的人的來去，用來講客人的動作是錯誤的。這時一般要用いらっしゃる或お出（い）でになる。它們正確的說法應該是：

○⑤受付でお聞きになってください。

／請您在詢問處問一問！

○⑥今日多勢のお客さんがこの問題をお聞きになりました。

／今天有許多客人問了這個問題。

○⑦こちらへいらっしゃいませんか。

／請到這邊來吧！

○⑧日本から台北にいらっしゃって、台北はどんなところだとお感じになりましたか。

／您來到臺北，認為臺北是個什麼樣的地方呢？

再如：

×⑨あの人のいいところをまだよく存じないようですね。

×⑩書類を三番窓口でいただいてください。

這兩個句子，也是將謙讓語動詞，錯誤地當作尊敬語動詞來用了。例⑨是向對方講您還不知道那個人的優點，例⑩是請客人在三號窗口索取文件，但存じる、いただく都是**謙讓語**，只能用來講自己或自己這方面的人的知道或要，因此用存じる、いただく都是錯誤的。正確的說法應該是：

○⑨あの人のいいところをまだよくご存じないようですね。
／您好像還不了解他的優點啊！
○⑩書類を三番窓口でお求めになってください（お求めいただきます）。
／請在三號窗口索取文件！

這種將謙讓語，錯誤地作為尊敬語來用的情況是比較多的，因此必須充分注意分清謙讓語與尊敬語的異同，不要發生類似的錯誤。

2 用錯謙讓語慣用型

お～します（ご～します）、お～いたします（ご～いたします）、お～申し上げる（ご～申し上げる）都是謙讓語慣用型，只能用來講自己和自己這方面的人（如自己的兄弟姊妹等）的動作、行為。並且這些動作、行為要與聽話者有一定的關係。但在日常生活中常常被用錯，錯誤地講對方或上級、長輩的動作、行為。如：

×①この新聞をお読みしてください。
×②どうぞ、こちらのカタログをお持ちしてください。

×③手紙をお受け取りしたら、ご返事してください。

×④このホームで次の列車をお待ちすることはできません。

上述句子，都是錯誤的。都是錯誤地將謙讓語慣用型作為尊敬語慣用型來用了。お読みして、お持ちして、お受け取りしたら、ご返事して、お待ちする等，都是謙讓語，只能講自己或自己這方面的人的動作、行為，而不能用來講對方或旅客的動作、行為。但說話者可能認為前面接有接頭語お或ご，就認為是尊敬語了，因而造成了這種錯誤。這時應該用尊敬語慣用型，如お～になる（ご～になる），或其他尊敬語。因此它們正確的說法則應該是：

○①この新聞をお読みになってください。

／請看一看這張報紙！

○②どうぞ、こちらのカタログをお持ちになってください。

／請拿這裡的目錄！

○③手紙をお受け取りになったら、ご返事ください。

／收到信以後，請回信！

○④このホームで次の列車をお待ちになることはできません。

／不能在這個月台上等候下班列車。

再如：

×⑤野村部長は月末までにお帰りできますか。

×⑥おじいさんはなかなかお達者でいらっしゃいますから、富士山にお登りできますか。

這兩句話都是錯誤的。例⑤是公司的一般職員在問野村部長月底以前能否回來，但所使用的お帰りできますか，是謙讓語的可能表現，它只可以用來表示自己或自己這方面的人能否回來，用它來問部長很明顯是錯誤的；例⑥是一位年輕人問一位老爺爺能否登富士山，但お登りできますか是謙讓語的可能表現，用它來問老爺爺當然是錯誤的。上述句子由於都是向上級、長輩講話，都要用尊敬語的可能表現，即用お～になれます（或お～になることができます）。因此，它們的正確說法應該是：

○⑤野村部長は月末までにお帰りになれますか。

／野村部長在月底以前能回來嗎？

○⑥おじいさんはなかなかお達者でいらっしゃいますから、富士山にお登りになれますか。

／老爺爺很健康，能夠爬富士山嗎？

3 用錯丁寧語慣用型

由於對尊敬語、丁寧語之間的區別搞不大清楚，就會出現將丁寧語錯誤地認為是尊敬語使用的情況。如：

×①東京大学（とうきょうだいがく）の野村教授（のむらきょうじゅ）でございますか。

×②お元気（げんき）でございますか。

這兩句是將でございます用錯了。這種錯誤主要是認為でございます是である、です的尊敬語，因而才這樣使用的。但實際上，でございます是丁寧語，作為です的敬語來用時，只能用來講客觀的事物或用來講自己，但它不能用於自己的上級、長輩或客人。如：

○左側（ひだりがわ）の建物（たてもの）は国会議事堂（こっかいぎじどう）でございます。

／左邊的樓房是國會議事堂。

○おかげさまで丈夫（じょうぶ）でございます。

／託您的福，很健康！

但講上級、長輩或客人是……時，要用でいらっしゃる。因此，它們的正確說法應該是：

○①東京大学（とうきょうだいがく）の野村教授（のむらきょうじゅ）でいらっしゃいますか。

／是東京大學的野村教授嗎？

○②お元気（げんき）でいらっしゃいますか。

／您好嗎？

從以上說明可以知道，無論在名詞下面還是在形容詞下面，講客觀事物或自己的情況用～でございます；而講對方或自己上級、長輩、客人時，則要用～でいらっしゃいます。

第四節 用錯了尊敬語

用錯尊敬語的情況，雖然沒有用錯謙讓語那麼多，但對敬語掌握得不夠好的人也經常犯這種錯誤。它大致有下面兩種情況：

(1)在回答其它人使用尊敬語的問話時，有時考慮不周，仍用尊敬語來回答，這樣則造成了錯誤。我們學習日語的人常出現這種錯誤。如：

×①「張先生はいらっしゃいますか。」「はい、いらっしゃいます。」

×②「どうぞ、少し召し上がってください。」「はい、召し上がります。」

×③「社長さんがご出張から帰って来られましたか。」「はい、帰って来られました。」

×④「お元気でいらっしゃいますか。」「おかげさまで、元気でいらっしゃいます。」

上述例①，外人向張先生的家人問：「張先生在家嗎？」這時用いらっしゃいますか，沒有錯誤，而家人回答：「在家」，這時則不能用いらっしゃいます；例③是外人向公司的職員問社長出差回來了嗎？用帰って来られましたか完全正確，但職員回答自己公司的社長回來了，用帰って来られました則是錯誤的。例②、例④的問話同樣是沒有問題，只是答話簡單地重複問話召し上がります、元気でいらっしゃいます，是錯誤的。這時分別要用いただきます、元気です。上述四個句子的正確說法應該是：

○①「張先生はいらっしゃいますか。」「はい、おります。」

／「張老師在家嗎？」「是，在家。」

○②「どうぞ、少し召し上がってください。」「はい、いただきます。」

／「請！請吃吧！」「好！我開動了。」

○③「社長さんがご出張から帰って来られましたか。」「はい、帰って来ました。」

／「社長出差回來了嗎？」「是，已經回來了。」

○④「お元気でいらっしゃいますか。」「おかげさまで、元気です。」

／「您好嗎？」「託您的福，還好。」

從上面四個句子可以知道，問話時講話者，為了尊敬聽話者或是其他的上級、長輩，要使用尊敬語的。但答話的人不能簡單地重複被問的話，要根據情況用謙讓語或一般語言來回。

(2)在講話時未考慮到聽話者，而用錯了尊敬語。一般在向外人講自己的上級、長輩的動作、行為、事物時，也就是和自己關係較遠的人，講和自己關係較近的人的動作、行為、事物時，不應該用尊敬語，而要用謙讓語或一般的語言（參看本章第一節）。這點不但我們學習日語的人很容易搞錯，連日本人本身也常常講錯，所以應該特別注意。下面看看錯誤的例句：

×①お父さんはもう四十五歳になられました。

×②先生、今日の座談会にお父さんがお出でになりますが、少し遅れるかもしれません。

上述例①、例②是學生向老師講父親的情況。父親雖是自己的長輩，但是是與自己關係密切的人。因此，向老師講到自己的父親，則不應該用なられました、お出でになりますが，而要分別用なりました、まいります（或来ます）。同時也不應該用お父さん，而要用父。它們的正確說法應是：

○①父はもう四十五歳になりました。

／父親已經四十五歲了。

○②先生、今日の座談会に父が来ますが、少し遅れるかもしれません。

／老師！我的父親會來參加今天的座談會，但可能會晚一些才到。

再如：

？③社長さんはいま会議に出席していらっしゃいます。

？④部長さんはまだご存じないとおっしゃいました。

例③、例④如果是公司職員之間的談話，談到社長或部長這麼講也未為不可，因為說話者和聽話者都是社長、部長的下級，對社長、部長這一些上級，使用尊敬語的出席していらっしゃいます、ご存じない、おっしゃいました是可以的。同時，稱呼社長さん、部長さん也是可以的。但如果聽話者是其他公司的人，講到自己公司的社長、部長時，則不應該用尊敬語，因此在這情況下，這兩句話也是錯誤的。正確的說法應該是：

○③社長はいま会議に出席しております。

／社長在開會。

○④部長（ぶちょう）はまだ存（ぞん）じないと申（もう）しました。

／部長說還不知道。

總之，使用敬語時，除了上下尊卑的關係以外，還要考慮內外之間的關係。

第五節　濫用敬語

在日本有些人，特別是女性，往往認為使用敬語，使對方聽起來比較委婉，同時也顯得自己有修養，因而出現了另一種傾向：即盲目地使用敬語，不應該使用敬語的地方也用敬語。這樣會出現一些不該犯的錯誤。歸納起來，有以下幾種狀況：

1 雙重敬語的錯誤

(1) 使用了雙重尊敬語

也就是使用了作為尊敬語的敬語動詞以後，又用了另外的敬語表現形式（如尊敬語慣用型）。看看下面錯誤的例句：

×①先生がお見えになりました。（注：現代日語已常用此句）

×②どうぞ、お召し上がりになってください。

×③よくお休みになられましたか。

×④東京からいらっしゃられた田中教授でいらっしゃいますね。

×⑤首相閣下もご出席なされました。

上述句子之所以錯誤，就是使用了尊敬語動詞之後，又用了另外的尊敬語表現形式。例①的見える就是尊敬語動詞，用了見える之後，就沒有必要再用お～になる，這樣用了お見えになる就重複了，形成了畫蛇添足；例②的召し上がる也是尊敬語動詞，用了它也就沒有必要再用お～になる。因此，用お召し上がりになってください是錯誤的；例③的お休みになる是尊敬語慣用型，它表現了對對方的尊敬，下面後續敬語助動詞的れる顯然是多餘的；例④いらっしゃる就是尊敬語動詞，因此就沒有必要再接敬語助動詞れる，這樣用いらっしゃられた就錯了；例⑤的ご出席なさる就是尊敬語慣用型，它表示對首相的尊敬了，後面接敬語助動詞れる，構成ご出席なされました這當然是錯誤的。總之，這幾個句子都是用了一種尊敬語後，又用了另一種尊敬語，畫蛇添足，都是錯誤的。它們正確的說法應該分別是：

○①先生が見えました。

／老師來了。

○②どうぞ、お召し上がりください。

／請您吃吧！

○③よくお休みになりましたか。

／您好好休息了嗎？

○④東京からいらっしゃった田中教授でいらっしゃいますね。

／是從東京來的田中教授吧！

○⑤首相閣下もご出席なさいました。

／首相閣下也參加了。

(2)使用了雙重謙讓語、丁寧語

在講話裡既有使用雙重尊敬語而把話講錯的情況，也有使用雙重謙讓語、或雙重丁寧語講錯話的情況。下面請看看這種錯誤：

×①あしたの午後おまいりいたします。

×②来週中にお伺いいたします。（注：現代日語已常用此句）

×③はい、ご承知いたしました。

上述句子之所以是錯誤的，原因就是用了謙讓語動詞以後，又用了お～いたす構成的謙讓語慣用型。謙讓語動詞本身就表示了謙讓，沒有必要再用お～いたす。例①的まいる本身是謙讓語動詞，同時這一まいる動作，和對方沒有發生任何關係，沒必要再用お～いたす這一謙讓語慣用型；例②中的伺う也是謙讓語動詞，因此沒有必要再用お～いたす；例③承知する就是謙讓語動詞，表示自己知道，本身就已含有自己謙遜、尊重對方的含義，這樣就沒有必要再用ご～いたす。所以上述句子裡的おまいりいたします、お伺いいたします、ご承知いたしました都是錯誤的，都是畫蛇添足。它們正確的說法應該是：

○①あしたの午後まいります。

／明天下午去。

○②来週中に伺います。

／下週去拜訪您。

○③はい、承知いたしました。

／是，我知道了。

再如：

？④いつごろお立ちなさいますですか。

？⑤暗くて何も見えませんです。

從道理上講ます、ません下面，可以接助動詞です，構成ますです、ませんです。但是不常這麼說，可以說是不用的。一般多以～ますでしょう、～ませんでしょう、～ましたでしょう或ませんでした形式使用（參看第161頁，第三章第一節ます）。所以例④、例⑤的お立ちなさいますですか、見えませんです讀起來顯得囉嗦，不夠好。正確的說法分別應該說成：

○④いつごろお立ちなさいますか。

○（或）いつごろお立ちなさいますでしょう。

／您什麼時候出發？

○⑤暗くて何も見えませんでした。

／黑得什麼也看不見。

但這句話不能說成：

×⑤暗くて、何も見えませんでしょう。

如果用見えませんでしょう則要用下面的句子：

○⑤暗いから、何も見えませんでしょう。

／因為黑，什麼也看不見吧！

②不必要地使用謙讓語

關於敬語中的謙讓語問題，已在第二章第三節中，就お～する（ご～する）、お～いたす（ご～いたす）、お～申す（ご～申す）、お～申し上げる（ご～申し上げる）做了說明。它們只能用於自己或自己這方面的人的動作、行為，並且這一動作、行為與對方有一定關係，或對對方發生某種影響。因此與對方沒有關係的動作、行為時，不用お～いたす等謙讓語慣用型。但有的人為了對對方表示尊敬，講到自己的動作、行為時，不管這一動作、行為與對方有無關係，過度地使用謙讓語慣用型お～する、お～いたす、お～申し上げる等，會造成錯誤。如：

×①私はさきほど銀座へお出掛けしました。

×②私はその工場でお働きしたことがあります。

上述句子裡的說話者的動作、行為，如：我到銀座去了、我在那個工廠工作過，和聽話者並沒有任何關係，對對方也沒有任何影響，用お～する或お～いたす顯然是多餘的，因此是錯誤的。這時用一般的表達方式就可以了。如：

○①私はさきほど銀座へ出掛けました（或まいりました）。

／我剛才到銀座去了。

○②私はその工場で働いたことがあります。

／我在那個工廠工作過。

再如：

×③ドアを閉めさせていただきます。

×④蒸し暑いですから、窓を開けさせていただきます。

本來～させていただきます，是請求對方比較規矩、鄭重的說法，表示請求對方允許自己做某種事情。如：

○皆(みな)さまに一言(ひとこと)述(の)べさせていただきます。

／請讓我說幾句話。

○電話(でんわ)で連絡(れんらく)させていただきます。

／讓我用電話和您聯繫吧！

而上述例③、例④，則是用~させていただきます慣用型。例③是日本車站上的廣播，告訴乘客說要關門了，因此請注意。本來只講要關門了也就可以了，沒有必要用~させていただきます。例④是在同一辦公室裡的人，講天氣太熱，把窗戶打開吧！但說話者似乎是為了把話講得規矩一些，特意地用了開(あ)けさせていただきます，實際上也是多餘的。它們正確的說法應該是：

○③ドアが閉(し)まります（から、気(き)をおつけください）。

／要關門了，請注意！

○④蒸(む)し暑(あつ)いですから、窓(まど)を開(あ)けましょう。

／房間裡悶熱，把窗子打開吧！

③不必要地使用尊敬語

（1）慣用語不要用尊敬語

所謂慣用語，是由兩個單詞結合起來，構成的不可分開的短語，如けりがつく（結束）、顔をつぶす（丟臉）、鼻にかける（自豪）、腹が立つ（生氣）等。這些短語只有這樣結合起來使用，才能表示這個意思。但有的人，往往為了把話講得更加鄭重、恭敬，在講一些慣用語時，有時也用一些比較鄭重、恭敬的單詞，或用一些尊敬語，這樣則造成了錯誤。慣用語是固定的、是不可變化說法的，只能固定地來使用。因此，下面的一些說法是錯誤的。

×①本当におなかが立ちました。

×②途中で道草を食べていないではやく帰っていらっしゃいよ。

×③まあ、ひどいね。仕事を棚にお上げになって。

×④「二階からの目薬」と申してもピンと来られないかもしれません。

上述句子之所以是錯誤的，都是由於說話者，為了把話講得鄭重一些、規矩一些，在慣用語裡使用了丁寧語或尊敬語。如例①腹が立つ（生氣）是慣用語，一般只能這樣講。おなか雖然和腹意思相同，都表示肚子的意思，但在慣用語裡是不用おなかが立つ的；例②道草を食う（在路上玩）是慣用語，食べる雖然和食う意思相同，都是吃的意思，但道草を食う是不能用道草を食べる的；例③棚にあげる（擱置起來，放在一邊）是慣用語，如果用了棚にお上げになる看起來似乎是尊敬語表現，但慣用語是不能用這樣的尊敬語表現形式的；例④ピンと来る（立刻理解）是慣用語，一般也是只能這麼講，既不能用尊敬語來講ピンと来られない，也不能用謙讓語來講ピンとまいらない，也就是說不能用敬語來講的。上述這些句子的正確說法，應該分別是：

○①本当に腹が立ちました。

／我真生氣了。

○②途中で道草を食っていないではやく帰っていらっしゃいよ。

／不要在半路上玩，趕快回來。

○③まあ、ひどいね。仕事を棚にあげて。

／真不像話！把工作放在一邊不做！

○④「二階からの目薬」と申してもピンと来ないかもしれません。

／即使說「從二樓點眼藥」，他也許理解不了的吧。（註：二階からの目薬為毫無效果之意）

4 客觀存在的動物、植物不應用尊敬語

尊敬語本來是用於上級、長輩或來訪的客人的語言。但許多日本女性往往認為使用敬語比較有禮貌，並且可以表示自己有修養，因而盲目地到處使用敬語，甚至對一些小動物、植物也用尊敬語，好像不用尊敬語是對這些小動物、植物的主人不夠恭敬似的。其實並不是如此，是不應該的。下面看看這方面的錯誤情況：

×①この小鳥がよくお歌いになるんですね。

×②きれいな金魚がいらっしゃいますね。

×③盆栽の花には毎日水を上げるんですか。

上述三個句子之所以是錯誤的，主要由於對小鳥、金魚之類的小動物也用了尊敬語，對花盆的花也用了丁寧語，這是不應該的。如例①お歌いになる是尊敬語，如果講先生がよくお歌いになるんですね（老師真愛唱歌啊！）這是可以的。但講小鳥則不應該用お歌いになる；

例②いらっしゃる是いる的尊敬語，如果講ご両親（りょうしん）はいらっしゃいますね（您的父母都在吧！）這是可以的。但是講金魚（きんぎょ）がいらっしゃいますね，則是不應該的。至於例③的水（みず）を上（あ）げる中的あげる，雖然和やる意思相同，但水（みず）をやる是澆水的固定說法，不用水（みず）をあげる的。因此它們的正確說法應該是：

○①この小鳥（ことり）がよく歌（うた）いますね。

／這個小鳥愛唱歌啊！

○②きれいな金魚（きんぎょ）がいますね。

／這裡有漂亮的金魚啊！

○③盆栽（ぼんさい）の花（はな）には毎日（まいにち）水（みず）をやるんですか。

／你每天向花盆裡的花澆水嗎？

但有極特別的情況，在表示某人有某種東西時，這時的あります可以用おありです這一慣用型。因此下面這類句子還是講的：

○ずいぶんたくさんの本（ほん）がおありですね。

／你真有許多書啊！

○立派(りっぱ)な盆栽(ぼんさい)がおありですね。

／你的盆花真棒啊！

總之，不能盲目地認為，使用敬語可以顯示自己有修養，而濫用敬語。造成在不該用敬語的地方，錯誤地使用敬語。

第六節 表達不當的敬語

有時對一些敬語的表達方式，掌握得不夠準確，因而將話講錯，或者表達得不清楚。主要有以下幾種情況：

1 表達上的錯誤

這種錯誤主要是，使用謙讓語時發生的錯誤。多數是將~てくださる與お~くださる（ご~くださる）、或者將~ていただく與お~いただく（ご~いただく）、お~します與~します混淆起來而形成的，因而形成了似是而非的句子。如：

×①お入（はい）ってください。

×②この新聞をお読んでください。
×③田中さんにお伝えてください。
×④もう少し詳しくご説明していただきます。

這幾個句子之所以是錯誤的，主要是由於將~てくださる與お~くださる（ご~くださる）、~ていただく與お~いただく（ご~いただく）混淆在一起來使用的緣故。動詞前面如果用お或ご接頭語，後面則不應該用~てくださる或~ていただく，因此講お入ってください、お読んでください、お伝えてください、ご説明していただきます都是錯誤的。它們的正確說法應該是：

○①お入りください（或入ってください）。
／請進來吧！
○②この新聞をお読みください（或読んでください）。
／請看看這個報紙！
○③田中さんにお伝えください（或伝えてください）。
／請轉告田中先生一聲！

○④もう少し詳しくご説明いただきます（或説明していただきます）。

／請再詳細說明一點！

上述句子雖然都有兩種說法，兩者的意思基本相同，但括號裡的說法比前者的說法，尊敬的程度要低一些。

再如：

×⑤お荷物を持ちしましょう。

×⑥あとで知らせします。

這兩句說話者，可能是要用お～します這一表示謙讓的慣用型，但卻把前面的接頭語お漏掉了，這樣則成為一個不倫不類的不通的句子。它們正確的說法應該是：

○⑤お荷物をお持ちしましょう（或お持ちいたしましょう）。

／我來拿東西吧！

○⑥あとでお知らせします（或お知らせいたします）。

／之後我再通知您！

② 容易誤解的、表達不清的說法

這類句子，主要在使用敬語助動詞れる、られる時。由於敬語助動詞れる、られる與被動助動詞れる、られる形態相同，這樣有時就使人搞不清楚所用的れる、られる是敬語呢？還是表示被動呢？請看下面的句子：

？①田中先生はいい写真をとられましたね。

×②社長さんはさんざん大村君を叱られました。

×③佐藤先生は誤解を受けられました。

上述句子，由於分別用了いい写真をとられました、叱られました、受けられました，因此都有兩種解釋的可能。若是表達得不夠清楚，是很容易讓人誤解的。如例①写真をとられました，由於用了とられました，很容易讓人理解為被人照了相。但如果這句話是講田中先生照了張好相片，那則要用另一種尊敬語的表達方式，如いい写真をおとりになりました，或用いい写真をおとりなさいました；例②叱られました，由於用了助動詞られる，很容易讓人誤解為社長挨了頓喝斥。但這句話是講社長喝斥了大村，那則要用お叱りになりました，或お叱りなさいました；例③的受けられました中的られる如果認為是敬語助動詞，那雖也講得過，但很容易和被動助動詞的られる混淆起來。當然作為被動來講，用受けられる這種表達方式是不通的。這句話如果要用尊敬語時，應該要說お受けになりました，或お受けなさいました。因此，這三句正確的說法應該是：

○①田中先生はいい写真をおとりになりました（或おとりなさいました）。

／田中老師照了張好相片。

○②社長さんはさんざん大村君をお叱りになりました（或お叱りなさいました）。

／社長狠狠地把大村喝斥了一頓。

○③佐藤先生は誤解をお受けになりました（或お受けなさいました）。

／佐藤老師受到了誤解。

總之，為了尊敬聽話者或尊長上級、長輩而使用敬語，這是好事、是值得提倡的，但必須要說得準確。如果用錯，特別是出現了這一節中所舉出的錯誤，那就失去了使用敬語的意義了。

第七節 不合日語的語言習慣

有時講的話，從語法、用詞這個角度來看是沒有錯誤的，但不合乎日語的表達習慣，會給人一種奇怪或不痛快的感覺。下面舉出兩種情況，供讀者參考：

1 不合乎日語的習慣

我們外國人學習日語，往往會從文法、用詞來思考一句話是否正確。有時在文法方面是沒有錯誤，但日本人卻不這麼說，而用另一種說法。

下面這句話，是在日本首相舉行的新聞記者招待會上，一個外國記者的提問。他說：

?①首相閣下、日本の物価についてご意見を聞かせていただきたいですが。

這句話裡使用聞かせていただきたいですが，似乎是沒有錯誤，但在日語敬語裡有伺う這個單詞，表示聞かせていただく的意思，因此常用它來代替。因此這句話較好的說法應該是：

○①首相閣下、日本の物価についてご意見を伺いたいですが。

／首相閣下，關於日本物價問題，我想聽一聽您的意見。

再如：

？②いらっしゃいませ。私が荷物を運んであげましょう。

這是旅館服務員，向住宿的旅客講的話。您來了！我給您拿東西！，用日語這麼講似乎可以，但由於使用了~てあげる，則強調了我幫您做……，因而含有你應該領情的語氣。因此在日本，一般使用下面的講法表達這一意思：

○②いらっしゃいませ。（私が）お荷物をお運びいたしましょう。

／您來了，我給您拿東西吧！

而下面這句，是在教室裡，學生看到老師在擦黑板，要代替老師擦，說道：

？③先生、私が拭いてあげましょう。

這麼講也是不夠好的，它也是強調了我幫你擦。因此這時，用一般的說法也就可以了。

○③先生（せんせい）、私（わたし）がお拭（ふ）きいたしましょう。

／老師！我來擦吧！

②照搬中文的寒暄用語

在使用寒暄用語時，日本有其語言習慣，不能照搬台灣的習慣，不能套用中文的表達方式。

例如在路上遇到上級、長輩，按著我們的習慣，往往問一聲到哪裡去？因此將它原封不動地譯成日語。如：

？①どちらへいらっしゃいますか。

這句話從語法關係上看，並沒有錯誤，但它不合乎日本的習慣，對方聽了有時會感覺為什麼要盤問自己，因此是不合適的。這時一般講：

○①お出掛（でか）けですか。

／出去嗎？

另外在公司遇到從外面回來的上級、尊長時，有的人也會將中文的您到哪裡去了？譯成日語講：

？②どちらへいらっしゃいましたか。

這也是不合適的，這種情況日語要講：

○②お帰り(かえ)なさい。

／您回來了！

再有，台灣人之間常用您吃飯了嗎？這句話來問候、寒暄，因此有的台灣留學生在路上遇日本的同學、熟人，則問一聲：

？③食事(しょくじ)はすみましたか。

？③ご飯(はん)は食(た)べましたか。

這樣問是會使日本人感到奇怪的。日本人是不這樣講的。這時可以用一些有關天氣、氣候方面的話來寒暄一下。如：

○③いいお天気(てんき)ですね。

／天氣真好啊！

○③ずいぶん暖(あたた)かくなりましたね。

／天氣暖和多了！

有的留學生在日本的下宿（寄宿）裡，早上上學時，套用中文的我上學去了講：

？④学校へ行きますよ。

這麼講，從這句話本身並沒有錯，但它不合乎日語的習慣。日語這時要說：

○④行ってまいります。

／我走了！

而下宿的女主人則講：

○④いってらっしゃい。

／你去吧！

外出時，套用中文的我上街去講：

？⑤町へ行ってきます。

這麼講也不是什麼大錯誤，但總感覺不大合適。這時一般講：

○⑤ちょっと出掛けます。

／我外出一趟。

再如有的台灣人在日本企業裡工作，初到時不會打電話，往往按照台灣的習慣來打電話。

如拿起話筒，撥完號碼就問：

？⑥もしもし、どちらですか。

在台灣打電話，有些人會這麼問。但是在日本打電話，這麼講是不合適的。因為連自己電話打到哪裡都不知道，還要問對方是哪裡，是很不禮貌的。這時一般可以講：

○⑥一二四三番でございますね。私は内山会社業務課の楊でございますが。

／一二四三號嗎？我是内山公司業務課的楊。

而接電話的人拿起話筒後，首先也要報一下自己公司的名字和單位。如：

○×××会社の経営部でございます。

／是×××公司的營業部。

總之，日語裡的寒暄用語，有其語言的習慣，不能照我國的生活習慣生搬硬套。講話要合乎日語的習慣，否則寒暄反而有相反的作用，顯得很不禮貌。

第八節 多種錯誤

在本章前幾節，我們就一些句子的錯誤進行了剖析，但講話不一定只是一個句子，有時是一段、甚至是較長的一個段落。這樣同時也會出現性質不同的幾種錯誤。因此在這一節裡，我們來看看長對話中常出現的各種錯誤。這種錯誤是多種多樣的，既有尊敬語方面的錯誤，也有謙讓語、丁寧語方面的錯誤，甚至還有文法方面的錯誤。我們研究段落裡的這種多種錯誤，可以進一步提高分析、判斷錯誤的能力。下面看看兩段有錯誤的例子。

(1)

一個臺灣文化考察團到日本參觀訪問，在日本參觀訪問一週後，即將返回台灣。當時日本朋友舉行了歡送會，考察團團長即席致了詞，然後翻譯人員進行了即席翻譯。下面是團長的致詞和翻譯人員所做的翻譯。由於是即席倉促做的翻譯，因此多少有些錯誤。

臨別致詞

在這即將離開日本的時候，請讓我講幾句話。今天諸位為我們舉行了這樣盛大的歡送會，我們表示由衷地感謝。

此次我們訪問日本，自不待言，對今後的文化交流，會有很大的好處。回想起來，我們在東京逗留期間，給諸位添了許多麻煩。特別是野村教授親自到機場迎接，太田先生帶我們遊覽了東京的名勝古蹟，我們深表感謝！

由於時間較短，交流尚不能說很充分，因此我想今後我們還要將這項工作繼續下去，謝謝大家。

下面是翻譯人員所做的翻譯：

別れるときの挨拶

？日本を離れるに際して、一言挨拶を①述べさせてもらいます。

②今日はかかる盛大な送別会を催していただき、心よりお礼申し上げます。

③今度の私どもの日本訪問は今後の文化交流にすこぶる有益なものでありますと申

すまでもございません。

かえりみますれば、私どもが東京に④ご滞在している間、皆さまにいろいろご厄介になりました。特に野村教授は自ら空港にまでお出迎えに⑤お出でにくださったり、太田先生は東京の名所古跡を⑥ご案内してくださったりして、⑦本当にありがとうございました。

時間が短かったですので交流は十分だとは申せませんが、今後ともかかる交流を続けてまいりたいと存じております。

どうも失礼いたしました。


上述翻譯，有幾處用錯了敬語。如⑤お出でにくださったり，在日語中是沒有這種說法的。翻譯的人可能認為お出でになる可以講，那麼お出でにくださる也可以說，但實際上是不能這麼講的，正確的說法應該是お出でくださったり。其次，④ご滞在している是錯誤的。翻譯的人可能是要使用ご～する這一慣用型，但在這裡用這一慣用型是畫蛇添足，沒有必要的，用滞在している，或滞在いたしている，也就完全可以了。再其次，⑥ご案内してくださったり的說法也是錯誤的。要用案内してくださったり，或用ご案内くださったり，兩者都可，但不能混淆在一起。接者，①的述べさせてもらいます的問題。全篇講話都使用了敬語，唯獨這裡使用了～させてもらいます的一般的說法，是很不合適的，應該用～させていただきます。最後則是②③⑦處，都是副詞使用的不當。全篇翻譯都用了比較鄭重的說法，而在這幾處使用一般日常生活中的用語，是與全篇翻譯格調不協調的。因此，②③⑦處分別應該用今日、この度、誠に。

由於這段翻譯較長，並且已做了糾正說明，正確的全文就不再抄錄了。

(2)

這是編者在日本的時候，一位來自臺灣的留學生給編者的一封短信。由於他在日本只學習了不到一年的日語，因此信中還是有一些錯誤。

友達からの手紙

？ご無沙汰ばかりしておりまして、申しわけございません。

実は①少しご相談したいことがあり、近日中に②お訪ねしたいと思っております。突然では③ご迷惑をおかけしますので、ご都合のよい日時と場所を④お知らせていただきたくお手紙を差し上げた次第です。

相談と申しますのは、留日同窓会の件ですが、詳しくはお会いして⑤お話していたします。⑥大変勝手ですが、来週の末までに⑦お目にかかっていただければ幸いです。

何卒、よろしくお願いいたします。

上述這封信，雖然編者看懂了，但是還是有些錯誤的。主要是對謙讓語的表現形式掌握得不夠好，把幾處敬語說錯了。如③ご迷惑をおかけます的說法是不通的。ご迷惑をかけます可以，但ご迷惑をおかけます則是錯誤的，正確的說法應該是ご迷惑をおかけします。其次，④お知らせていただきたく～中的お知らせていただき是不通的，正確的說法應該是お知らせいただきたく〜；再其次，⑤〜お話していたします是不通的，正確的說法應該是お話しいたします。再其次，②お訪ねしたい的說法，雖然有這種說法，但相同的意思，有お目にかかりたい、伺いたい等說法，後兩種說法是比較常用的。再如⑦お目にかかっていただければ的說法是錯誤的，お目にかかる是会う的謙讓語，如果用お目にかかっていただく則成了請你見我，お目にかかる成了您的動作，這是錯誤的。因此要用お目にかからせていただければ才是正確的。最後①的少し、⑥的大変，雖然有這種說法，只是這兩個副詞是在口頭裡常用的副詞，用在使用敬語的書信裡念起來不夠協調。一般分別要用少々、はなはだ。

以上是編者發現的錯誤，也許仔細的讀者還會發現其他的錯誤。

這封信正確的寫法應該是：

友達からの手紙

○ご無沙汰ばかりしておりまして申しわけございません。

実は少々ご相談したいことがあり、近日中にお目にかかりたいと思っております。突然ではご迷惑をおかけしますので、ご都合のよい日時と場所をお知らせいただきたく、お手紙を差し上げた次第です。

相談と申しますのは、留日同窓会の件ですが、詳しくはお会いしてお話しいたします。はなはだ勝手ですが、来週の末までにお目にかからせていただければ幸いです。

何卒、よろしくお願いいたします。

朋友來信

許久沒有問候，很抱歉！

其實我有一事想要和您商量，所以希望最近能見您一面。但這樣貿然拜訪會帶給您困擾，所以希望您能告知我方便的日期和場所。

所要商量的事是有關留日同學會的事，關於詳細情況將於見面時再詳談。非常冒昧，但希望在下週週末前能見到您！

請您見諒！

上面是一段致詞、一封短信之中使用敬語的錯誤。這一類錯誤有多種多樣，希望透過這兩段文章中的錯誤解析，讓讀者提高辨識正誤能力。

結束語

在本書的前言中曾經提到，日本的敬語，是學習日語的一個難點，但它卻也是個不可忽視的部分。本書從這點出發，就敬語（尊敬語、謙讓語、丁寧語）的表現形式、用法，以及它們的使用情況做了說明，並且列舉了一些錯誤的說法，進行了分析，讀者可以從正反兩個方面來進一步學習並掌握敬語。那麼作為一個外國人，該如何來學習這些敬語的用法呢？據本人的經驗，遵照本書的說明，若採取以下幾個步驟，就可以克服這一難點且運用自如。

①**首先要會使用「ます」、「です」等一些**丁寧語**的**基本表現形式**，也就是在對話中，使用**敬語體**（即「ます体（たい）」）來結束句子，並且做到非常熟練的地步。**

②**其次要**正確地使用寒暄用語**，看到熟人能夠正確地、熟練地進行問候。**

做到了這兩點，在使用敬語上可以打下良好的基礎，接著於這個基礎上進一步熟習尊敬語、謙讓語。

③接著正確地理解、運用尊敬語、謙讓語、丁寧語，把每一個單詞、每一個慣用型掌握得準確，也就是尊敬語就是尊敬語、謙讓語就是謙讓語，不能混淆不清，不能搞得似是而非。

④再進一步則是加強練習，不斷地練習，有機會就使用敬語，錯了加以糾正，糾正後還要不斷練習，這樣終會有一天達到運用自如的地步。這就是我的經驗，殷切地希望讀者也能夠堅持以恆、不斷練習，能夠正確地使用敬語。

索引

索引

本索引收錄書中列出例句、做過說明的敬語，且按日語五十音即あ、い、う、え、お順序編排，方便讀者快速查閱。

【　か　】

【　く　】

【　こ　】

【　も　】

【　よ　】

【　ら　】

【　れ　】

【　を　】

【　な　】

【　は　】

【　ひ　】

【　ま　】

【　み　】

【　め　】

メモ

メモ

基礎日本語敬語/趙福泉著. -- 初版. --
臺北市：笛藤出版圖書有限公司, 2020.11
面； 公分
大字清晰版
ISBN 978-957-710-802-9(平裝)

1.日語 2.敬語

803.168 109017261

大字清晰版

基礎日本語

敬語

2020年11月24日 初版第1刷 定價360元

著者	趙福泉
編輯	詹雅惠·黎虹君
編輯協力	鄭伊哲
封面設計	王舒玗
總編輯	賴巧凌
編輯企畫	笛藤出版
發行所	八方出版股份有限公司
發行人	林建仲
地址	台北市中山區長安東路二段171號3樓3室
電話	(02) 2777-3682
傳真	(02) 2777-3672
總經銷	聯合發行股份有限公司
地址	新北市新店區寶橋路235巷6弄6號2樓
電話	(02)2917-8022·(02)2917-8042
製版廠	造極彩色印刷製版股份有限公司
地址	新北市中和區中山路二段380巷7號1樓
電話	(02)2240-0333·(02)2248-3904
印刷廠	皇甫彩藝印刷股份有限公司
地址	新北市中和區中正路988巷10號
電話	(02)3234-5871
郵撥帳戶	八方出版股份有限公司
郵撥帳號	19809050